KB023609

도대체
연애는
왜

이승주 지음

쑥 한 줌과 마늘 20개로

삼칠일을 견딘 곰은 결국 사람이 되고,

여자가 되었다.

그렇게 곰녀의 자손으로, 곰처럼 우직하게,

곰처럼 직진하던 우리에게 어느 날

남자들이 물었다.

"너는 왜 아직도, 그렇게 곰처럼 사냐?"

"……."

진심은 있어도 애교가 없고, 열정은 있어도 요령이 없고,

직설은 있어도 아부가 없고, 행동은 있어도 포장이 없고,

겸손은 있어도 뻔뻔함은 없는.

그래서 다른 건 다 잘해도

연애와 결혼에는 유독 약한 곰녀들을 위한

의기투합 자아 반성 이야기

도대체,
연애는 왜

"니가 뭐라고 책을 쓰냐?"

가, 아마 진짜 속마음이었을 거다. 내가 책을 내겠다고 했을 때 남편과 지인들이 보였던 반응들은 대략 이러했으니까. "책? 회사에서 과제를 내줬나 보지?" 혹은 "아아, 책을 직접 쓰겠다고. 어……, 그렇지. 좋긴 좋지, 책."

그러니 아무리 눈치 없는 사람이라도 그 말 뒤에 숨은 뜻을 파악을 못 하려야 못 할 수가 없다. 나 나름대로는 시간을 쪼개 쓴다고 아이들이 일어나기 전, 혹은 아이들이 잠들고 난 후에 주방에 쪼그려 앉아 컴퓨터 타자를 치고 있으면 행여 물이라도 마시려고 깬 남편이 주방을 지나가다 딱하다는 듯 진심을 흘리곤 했다.

"저기, 들어가서 잠이나 더 자."

나도 안다. 내가 굉장한 사람은 아니라는 거. 평범하게 정규교육 받고, 평범하게 입사해, 한 달에 한 번 월급이란 마취제를 맞으며 소소하게 살아가는 일개미 직장인, 그 이상도 이하도 아니라는 거 누구보다 잘 알고 있다. 하지만 그런 보통사람이, 특히나 출산휴가 3개월 동안 손목에 산후풍 걸려가며 무언가를 썼다면 그 책의 이유 하나만은 분명한 거다. '그만큼 절실했다는 거'.

맞다. 절실함이 이 책의 시작이다. 마치 '임금님 귀는 당나귀 귀'를 갈대밭에 외쳤던 이발사의 심정처럼 '나는 곰녀다. 나 같은 곰녀들아, 내 얘기 좀 들어보소!' 하는 심정으로 시원한 자기고백 내지 곰녀 무리의 화합을 도모하고 싶었던 어떤 마음이 저변에 있었던 거 같다.

왜냐하면 내게는 공부 혹은 입사와 다르게 연애, 그리고 결혼이라는 남자와의 관계가 결코 쉽지 않았기 때문이다. 여중, 여고, 여대를 나온 배경도 한몫 하겠지만 정직한 노력과 희생이 이성과의 관계에서도 'The Best Way'라 생각했던 곰녀적 사고가 남보다 10배 아니 100배는 더 내 연애와 결혼생활을 힘들게 했으니까.

그래서인지 그 숱한 삽질의 시기를 허우적대며 지내고, 두 아이 출산이란 아줌마 입문의 대장정까지 정신없이 끝내고 나니 비로소 뭔가 숨이 트이며 나 같은 곰녀들을 위해 무언가를 남기고 싶다는 생각이 간절하게 들었다. '아, 이젠 뭔가 생각할 수 있겠다'는 안도감, 더하기 '나 같은 곰녀들을 구제하고 싶다'는 사명감이 묘하게 뒤섞이며 말이다.

물론 여기서도 '네가 뭐라고' 할 사람들은 분명히 있다. 하지만 그런 물음들에 대해선 '내가 무엇이지 않기 때문에' 이 책을 쓴다고 더 당당히 이야기할 수 있다. 왜냐하면 이 책은 "내가 남자를 호리는 비법을 알려주지"의 비기 혹은 솔루션은 아니기 때문이다. 그리고 사실 그런 책이라면 이미 서점가에 훈수를 두고 있는 것들이 많다.

어떻게 여우 같은 여자가 될 수 있는지, 어떻게 남자를 꼬실 수 있는지, 그리고 결정적으로 자신은 어떻게 그런 여자가 될 수 있었는지를 팔짱을 낀 전문가 포스의 사진까지 내세우며 말이다.

물론 흥미가 가는 것은 사실이다. 하지만 그 책을 읽고 난 후에도 도통 해결점을 찾을 수 없다는 것이 문제다. 그 속엔 어떤 공감, 위로도 없으며 곰녀들이 실천할 수 있는 눈높이 솔루션이 없으니까. 가령 요염한 여자가 되기 위해 가슴 굴곡이 보이는 블라우스를 입어야 하고 허리를 굽혔다 펼 때도 S자를 그리라는 것이 말이 되는가.

때문에 제대로 된 남자를 못 만날 것 같다는 불안감에 사로잡힐 때, 나 자신을 작아지게 만드는 기 센 남자들을 만났을 때, 그 책에서 위로받은 건 단 1%도 없다.

오히려 그럴 때마다 내 주변엔 나와 비슷한 처지의 곰녀 친구들이 있었으며, 그들과 통화 혹은 메신저를 나누며 긴긴 밤을 외롭지 않게 보낼 수 있었다. 비슷한 경험, 비슷한 시행착오를 겪고 있기에 우리는 누구보다 서로의 감정을 온전히 이해했으며, 행여 울음까지 보이는 친구를 위해서는 비록 내 처지가 가엾고 비굴할지언정 한쪽 어깨를 내어주는 의리가 있었으니까.

그리하여 '서로가 서로의 옆에 아직 존재한다'는 사실만으로 그 굴곡진 밤을 이겨냈으며, 내일은 내일의 태양이 뜰 거라는 희망과 자신감으로 남자와의 연애 혹은 결혼의 전쟁터로 다시 떠나지 않았던가.

그리하여 그 전쟁에서 여전히 분투하고 있는 나와 내 친구들의 이야기를 고스란히 삽질정신으로 담아 여기 '도대체, 연애는 왜'란 우리의 리얼한 경험과 깨달음의 이야기를 전한다.

때문에 타깃은 분명하다. 나와 같은, 우리와 같은 곰녀들이 그분들이다. 목적도 분명하다. 우리 곰녀들이 덜 외롭게, 덜 헤매게 '우리가 당신과 함께 당신 곁에 있어 줄게'의 소소한 위로를 전파하는 것. 거듭 반복하지만 우리는 완벽한 사람들이 아니기에 머리를 맞대야 하며, 함께 머리를 맞대는 것만으로도 좀 더 현명해질 수 있을 테니까.

그리고 우주적 시각으로 생각하면 이것은 남녀의 문제를 떠나 연애와 결혼에 있어 내가 어떤 브랜드로 거듭날 수 있는가의 브랜딩 문제이기도 하다. 단지 그 시기를 돌파하기 위해서가 아닌, 긴 인생에 있어 내가 더 당당히 살아가기 위해, 그리고 매력적으로 거듭나기 위해 나를 돌아보고 수정해가는 자아계발, 브랜드계발의 이야기이기도 하다는 것.

그러니 이 책은 정말 부담 없이 읽히는 **'우리의 수다방'**이자 **'힐링 부적'**이었으면 한다. 내일 소개팅을 준비하는 당신이 피식 웃고 긴장을 풀 수 있게. 행여 누군가에게 차였을 당신이 친구에게 전화하는 대신 베갯머리에 파묻고 잠들 수 있는. 그런 친구이자 위안이었으면 한다. '난 여기 있어. 너 지금 괜찮지?'의 작은 마음과 마음을 나누며. 그리고 새롭게 변신할 '나'를 꿈꾸며.

차례

제 1 장

문제의 시작은 나
이제, 주제를 파악할 시간입니다

제 2 장

알고 보면 의외로 헛똑똑이들
왜 결정적일 땐 소심해질까

제 3 장

우리 뼛속까지 천사는 아니잖아요?
후회할 것 같으면 '적' 하지는 맙시다

제 4 장

정이 뚝 떨어지는 관계도 절대 외면하지 않기
인생에 '혼자 가는 직진'은 없다

가식 떠는 꼴 못 보는 고도도 / 과도한 성형녀 나모두 / 연하남 주저
형 한상식 / 자뻑형 연애주의자 주미화 / 까탈형 주저녀 도마지 / 헛
스킬 연애책 답습녀 나성실 / 개념상실 외모배척자 심해영

문제의 시작은 나

이제, 주제를 파악할 시간입니다

"지가 뭔데 날 평가해?"

국어를 알면 주제를 알고 수학을 알면 분수를 알아야 한다는 말이 있다. 누군가는 우스개처럼 넘길 농담이지만 여기서는 정색을 좀 하고 이야기해야겠다. 우리 곰녀들에게 가장 부족한 건 의외로 '자기 파악'의 문제일 수 있을 테니까.

물론 이 주제는 가장 듣기 싫은 이야기이기도 하다. "어머, 난 위로를 받으려고 이 책을 넘겼는데 초장부터 주제 파악을 하라니요?" 하고 화들짝 놀랄 분들도 있겠다. 하지만 모든 해결의 시작은 문제 파악에서 비롯되고, 그 문제의 총체적 원인이 '자기 자신'이라는 것을 아는 것만 해도 이 책은 시작됨과 동시에 끝난다 해도 과언이 아니다.

왜냐하면 곰녀들을 어떻게든 개선시키는 것이 이 책의 요체

일 것이니 '제발, 정신차리세요'란 말은 달달하게든, 냉정하게든 모든 챕터에 녹아들어야 하는 주제이자 핵심이기도 하기 때문이다. 따라서 그 시작을 조금 냉정하게 시작한다고 해서 당신이 당황할 이유는 없다. 오히려 일찍 두들겨 맞고 다음 장으로 넘어가자. 우직하게 가던 길 가자고 파이팅을 외칠 거였다면 구태여 이 책을 쓸 이유도, 당신을 끌어들일 이유도 없었다.

여기서는 내 친구 '고도도'의 이야기를 소개하려 한다. 도도는 나보다 한 살 연하로 언론고시를 준비하던 대학교 시절 알게 된 친구다. 20대 후반의 우울한 백수시절을 함께 보낸 그녀는 내 늦은 취업, 결혼에 이르기까지 고민이 있을 때마다 언제든 전화를 걸어 상담해주는 최고의 멘토Mentor이기도 했다.

나이 어린 동생에게 밑바닥까지 드러내는 이야기도 거침없이 하게 된 건 그녀가 그만큼 심적으로 편한 것도 있었지만 또래답지 않은 특유의 냉철한 판단, 똑떨어지는 조언을 주는 대화방식이 좋았기 때문이다. 무엇보다 구질구질한 연애로 내 발등을 내가 찍고 있을 때 "언니, 좀!" 하는 사이다 같은 쓴소리도 기분 나쁘게 하지 않는 유쾌함과 설득력이 그녀에겐 분명 존재했으니까.

하지만 중이 제 머리 못 깎는다고 뭐든 척척박사처럼 잘해낼 것 같은 그녀도 최근 자신의 연애에서는 고전을 면치 못하는 듯했다. 훤칠한 외모와 유머러스한 입담, 명문대의 화려한 스펙을 지닌 그녀는 학창시절 소위 인기 있는 '퀸카'였지만 서른 셋 이후 결혼을 결심하며 진출한 소개팅 시장에서는 정작 본인 뜻대로 되는 게 하나도 없다고 했다. 알지도 못하는 사람 앞에서 '좋은 척' 하는 것이 어렵고 싫다는 것이 가장 큰 이유였다. 여기서 그녀의 말을 한번 들어보자.

"전 가식 떠는 건 절대 못해요. 특히 맘에도 없는 남자한테는. 그리고 내가 얼마나 인기가 많았는데, 아버지 같이 생긴 꼰대 같은 남자들을 비위까지 맞추며 만나야겠어요?"

물론 이해는 한다. 누가 봐도 도도는 괜찮은 사람이고 그녀가 좋아하는 사람을 만나는 게 내 바람이기도 하니까. 하지만 여자들에겐 다정다감하다가도 소개팅 남자들에겐 유독 차갑고 박한 그녀이기도 했다. 특히 자연스러운 만남을 좋아하는 그녀의 사정에 소개팅 한번 나가는 것도 쉬운 일이 아니었지만 소개팅을 다녀와서도 결코 기분 좋은 적이 없었다.

"띠디디딩~" 도도가 소개팅을 나가는 날이면 저녁 즈음 어김없이 울리는 핸드폰. 그러면 그날은 나도 수능 치러 간 딸래미 기다리듯 조마조마 가슴을 졸이다 전화를 받게 되는 것이었다.

"도도야, 오늘은 좀 어땠어?" "언니, 말도 마요. 진짜 나 우울해 죽겠어." 벌써 수화기 너머의 목소리가 확 꺾였다. "글쎄 내가 어떤 놈을 만났는데, 그놈이 뭐라는지 알아요? 나보고 차라리 연기를 하라나 뭐라나. 내가 너무 직설적으로 얘기한다고 아주 대놓고 디스하던데요?" 그리고 씩씩대며 이어진 그녀의 말.

"나쁜 X, 지가 뭔데 나를 평가해?"

얘기를 들어보니 화날 만한 이유가 있었다. 어지간히 건방진 놈이 나왔던 모양이다. 강남에서 제법 잘나가는 전문직이라는 것 같던데 소개팅 자리에서 한다는 말이 상식 밖이다.

늙은 여자는 별볼일 없다는 둥, 여자는 다소곳해야 한다는 둥, 나아가 도도를 보고도 지나치게 직설적이며 잘 보이려 하지 않는다는 이유로 '연기 좀 하셔야겠다'고 막말까지 했다는 것이다. 그놈의 얼굴도 이름도 모르지만 낯선 이와의 첫만남에서 그런 말을 대놓고 한다는 건 분명 '나쁜 놈'이 맞았다.

"그래, 그놈 미친X 맞네, 살다 보니 별 꼴을 다 본다." 그리고 울분이 터진 '도도'를 달래 참 찜찜하게 전화를 끊었다.

막상 전화를 끊으니 나까지 기분이 나빴다. 아무리 소개팅이 'Blind Date'라지만 그 정도 배경에 그토록 개념 없는 말을 한다는 건 머리와 인성이 따로 노는 무개념 인간이 분명했다. 하지만 동시에 머리를 팅~하고 치는 것이 있었다. 그 나쁜 X의 말은 굉장히 직설적이고 무례한 것이었지만 오히려 그 속에는 도도의 소개팅 트라우마를 끊을 수 있는 해법이 들어있었으니까.

나는 오래 전부터 도도를 보아 온지라 무조건 그녀 편이었으나 처음 그녀를 대하는 남자들의 눈에는 도도가 나와 똑같은 애정의 깊이로 보였을 리 없었을 것이다. 그리고 아니 땐 굴뚝에 연기 날 리 없는 법. 그녀의 현재를 보다 냉정히 직시하고 재평가할 필요가 있었다.

'브랜드 리뷰를 해보자', 한마디로 이거다. 이러한 브랜드 리뷰의 핵심은 간단하다. 당신이 소개팅 시장에 존재하는 퇴물이 아닌, 강한 영감과 영향력을 미치는 매력덩어리로 거듭나길 바라는 목적 때문이다. '성공적 브랜드의 이름은 동사'라 외치는 브랜드 전문가들의 말처럼 곰녀들에게도 우직한 직진이 아닌 자신을 돌아보고 변화시키는 '동적 변화'가 필요하다. 따지고 보면 소개팅 시장은 자선시장이 아니니까. 오히려 3초 안에 외모나 인상으로 첫 호감을 느끼고 지금부터 두세 시간 정도를 내 눈앞의 여자에게 '나의 경제적 요소들_{밥, 커피, 데이트 시간 등}을 내어줄 수 있는지'를 따지는 이해타산의 최고봉 자리가 아닌가.

그러니 이런 시장에서 도도처럼 내 자존심에만 의거해 상대방이 나의 진가를 알아봐주길 바란다는 것은 야무진 꿈을 떠나 현실성 제로의 이야기가 될 수밖에 없다는 걸 우리 쿨하게 인정하자는 거다.

더불어 환경변화도 고려해야 한다. 도도가 20대에서 30대로 접어든 시기만큼 그녀를 능가할 20대의 쭉쭉빵빵 미녀들은 이미 시장에 차고 넘치게 되었다. 도도가 못생겼다는 것이 아니라 입장 바꿔 생각하자는 거다. 도도 역시 아직도 생기 가득한 레모네이드 같은 남자를 찾는데 우스갯소리로 60대까지 고운 여자만 찾는다는 남자들은 그 마음이 오죽할까.

그러니 도도에겐 20대 여자들과 똑같은 새침데기 전략이 아닌, 그들과는 다른 '차별화된 전략'이 필요하다. 가령 재미없고 아저씨 같아 보이는 남자들에게 먼저 대화의 스킬을 발휘해보자. 그리고 그런 남자들이 대화의 물꼬를 터주면 의외로 진국인 경우가 많다.

물론 시작은 쉽지 않겠지만 참을 인 석자를 새기며 '나는 너그러운 여자다'라는 컨셉을 반복 훈련하다 보면 상대 남자도 어느덧 나에게 감화되는 순간이 온다. "어, 이 여자 처음엔 별 느낌이 없었는데 말하다 보니 뭔가 편하고 말도 잘 통하네"로 시작해 "편안하다고만 느꼈는데 똑똑하고 당찬 부분도 있어. 참 매력적이야"의 내 진가까지 알아보게 되는 마법 같은 순간이 오게 된다는 것이다.

한마디로 남자들에게 다가가는 진입 장벽을 스스로 낮춰, 장기적으로 그 남자에게 나의 매력을 인지시키자는 것. 정리하면 1. 현실분석 ⇨ 2. 뉴컨셉 형성 및 내재화 ⇨ 3. 커뮤니케이션의 과정을 시도해보자는 거다.

그럼 혹시 아는가? 그 과정에서 당신도 그 남자의 진가를 알게 될지. 얼굴은 레모네이드가 아닐지언정 내가 발견한 레모네이드 같은 특성에 끌리게 될 수도 있다는 말. (물론 싹수가 없는 놈들은 절대 제외다)

진짜 내 인연이 왔을 때
유연하게 나를 변화시키는 브랜드 만들기

'내가 왜 이렇게까지 노력을 해야 해?'라고 반박할 수도 있겠다. 하지만 연애도 훈련이다. 비록 그 남자가 지금의 내 인연이 아닐지라도 반복된 훈련을 통해 변화된 콘셉트를 내재해야 진짜 내 인연이 나타났을 때 상대를 감화시킬 수 있다. 물론 그렇다고 나의 기본적 특성까지 부정하며 상대에게 모든 걸 맞추란 말은 아니다. 단지 내가 말하고 싶은 것은 도도처럼 '똑똑하고 당찬 모습'을 직설로 내세우기보다는 우회적으로 드러내자는 거다. 표정과 어투에 포장을 입히고 당을 입혀 보다 유연하고 장기적인 커뮤니케이션을 통해 상대가 다가오게 하라는 것. 다시 말해 '제발 나를 알아달라'가 아닌 '들어봐. 내 이런 모습을 들여다볼래?' 하고 속삭여보라는 것이다.

도도는 똑똑한 친구이니 이런 내 진심을 누구보다 잘 알아줄 것이다. 그리고 이미 그녀 역시 그 전략을 그녀 스스로 실현하고 있다. 그러니 혹여 오늘밤엔 '나를 알아주지 못하는 남자를 만난' 후유증으로 밤거리를 배회하거나 이불에 얼굴을 묻고 흐느끼고 있을 곰녀들은 제발 없었음 한다. 나는 당신이 누군가에게 인정받지 못해 두려워하는 것이 아니라, 누군가에게 먼저 다가가지 못함을 더 후회했음 하니까. 그리고 당신이 이젠 변화해야 함을 객관적으로 돌아보길 바라니까.

그리고 내 눈앞의 남자, 전 인류의 남자를 호려 보겠다는 자신감으로 1.현실직시 ⇨ 2.뉴 컨셉 형성 및 내재화 ⇨ 3.커뮤니케이션이란 공식을 적극 시도했음 한다. 그리고 그렇게 변화하는 당신이란 브랜드는 이미 그 시작만으로도 확실히 뭔가 발전하고 있다. 시작이 반이라는 말도 있듯이.

주제파악

도도한 곰녀는 하기 힘든 일, 특히 맘에도 안 드는 소개팅남이
이래라 저래라 지적질 할 때는 쌍욕 후련히 날리고 반사하고 싶은 일

지가 어따대고 날 평가해?
꼰대 아저씨 같이 생겨가지고

근데,
그게 그렇게 화만 낼 일이야?
너는 그렇게 완벽해?

우리에게 필요한 건 때론 우직한 직진이 아닌
드라마틱한 방향의 선회인지도

"나, 시술 좀 하고 올게."

여자들이라면 한 번쯤 미미인형에 열광해본 기억이 있을 것이다. 8등신 몸매에 조각 같은 얼굴, 오목조목한 이목구비와 찰랑찰랑한 머릿결까지. 미미인형은 공주가 되고 싶은 여자들의 욕망을 약 4-5세 때부터 깨닫게 해준 요물이었다.

더 놀라운 것은 이 미미인형은 여자에게 단지 시작에 불과하다는 것이다. 초등학교에 들어가면 당장 내가 반에서 얼마나 인기 있는 여학생인지 실감하게 되고 중, 고등학교 사춘기에 접어들면서는 내가 최고의 미녀는 아닐지언정 이런 미녀가 되고 싶다는 롤모델을 가슴에 품고 살아간다. 심지어 이런 동경은 스토리텔링과 접목되며 절정을 이룬다. 가령 한 여자를 다수의 남자가 좋아하는 드라마를 보며 (심지어 4형제가 한 여자를 좋아한

한국 드라마도 있었다) 드디어 여자들은 어떤 꿈을 꾸기 시작한다. "나도 저런 마성의 여자가 되고 싶다"는 그런 참 이상적인 꿈?

하지만 이걸 '꿈'이라 표현하는 이유는 그야말로 그것은 실현 불가능한 일이기 때문이다. 특히 한 여자와 한 남자가 매칭되는 연애시장에서 특정 여자에게 모든 표가 올인되는 것만큼 비민주적인 것이 없을 테니까. 하지만 어떤 곰녀는 아직도 이런 꿈을 꾸고 있다는 것이 문제다.

친구 '나모두'는 그 대표적인 예다. 초등교사인 그녀는 학창시절 공부로는 꽤 날렸던 친구다. 교대에 입학하며 그 흔한 연애한 번 할 시간 없이 임용고시에 매달렸고 졸업과 동시에 합격, 우리 엄마 말로는 1등 신붓감 타이틀을 거머쥔, 한마디로 엄친딸이었다.

대학을 7년이나 다니며 우울한 백수시절을 보낸 나와 달리 그녀는 커리어에서는 정말 흠잡을 데가 없었으니 오죽하면 엄마는 나를 볼 때마다 "야! 모두처럼 해외여행 보내주는 건 됐고, 네 능력으로 스카프 하나 사주면 정말 소원이 없겠다"고 한숨을 쉬셨으니까.

아무튼 모두는 나보다 인생속도가 빨랐고 스물다섯 살부터는 선 시장에 진출해 여러 남자들을 만나기 시작했다. 만나는 남자들의 프로필도 꽤 준수했다. 변호사, 검사, 의사, 판사, 대학교수

등 상대남자들의 직업만 보면 흠잡을 데가 없었다. "오! 이번에도 변호사 만나?" 하며 그녀와 깔깔대며 전화를 하면 엄마는 정말 따개비 눈을 하고 나를 흘겨보셨다.

하지만 그게 무슨 상관이람. 곰녀들은 원래 친구의 행복을 질투하지 않는다. 오히려 팍팍한 백수생활에 연애 얘기를 듣는 것만큼 깨소금나는 일이 없다며 마냥 즐겁고 설레기만 했다.

하지만 그녀의 소개팅이 '비상식적'으로 흐르고 있다는 걸 알게 된 건 그로부터 얼마 되지 않아서다. 작은 광고회사에 취직하게 된 나는 오랜만에 모두의 얼굴을 마주하게 되었다. 어라? 그런데 뭔가 얼굴이 달라져 있었다. 그런 내 표정을 눈치챘는지 그녀가 먼저 쑥스럽게 웃는다. "어, 나 눈 좀 성형했어." 그리고 보니 예전에 없던 쌍꺼풀이 생겼다. "뭔가 좀 달라지고 싶어서. 어때, 어색해?" 굳이 쌍꺼풀을 안 해도 예쁜데 하고 생각하다가 수술한 그녀의 얼굴도 나쁘지 않았다.

하지만 여기서 '비상식적'이라고 이야기하는 것은 그 이후 모두를 만날 때마다 그녀의 얼굴이 달라진다는 사실 때문이었다. 두 번째 만났을 땐 코를 좀 시술했다 하고, 세 번째 만났을 땐 이마를 좀 높였다고 했다. 그리고 네 번째 만났을 땐 팔자주름과 헤어라인을 정리했다고 했다.

"지방 넣는 건 금방 빠져. 원래 자가 지방은 흡수율이 빠르거든. 난 엉덩이 지방을 빼서 맞았는데 별 효과가 없어서 필러를 넣었어. 근데 이것도 3개월마다 한 번씩은 보충을 해줘야 유지가 돼" 하고 속사포처럼 얘기하는 게 거의 선생님이 아니라 성형외과 코디라 해도 믿을 거 같았다. 사실 직업 있겠다, 돈 있겠다, 자기가 원하는 이상적 외모로 가꾸는 걸 누가 뭐라고 하겠나. 막말로 내가 벌어서 내가 쓰겠다는데 그 누가 간섭할 수 있을까.

하지만 그런 사실을 충분히 감안하더라도 그녀의 시술, 성형 횟수는 너무 잦았다. 얼굴도 점점 부자연스러워지는 것이 전혀 예쁘지 않았다. 그리고 무엇보다 대화를 나누다 보니 자주 얼굴을 바꾸는 모두의 진짜 이유가 너무 충격적이었다.

"나, 사실 남자들한테 계속 퇴짜맞아. 내가 뭔가 문제가 있는 것 같은데……, 생각하면 그게 얼굴 때문인 거 같아서. 한 번 고치면 뭔가 예뻐지고 자신감도 생기는 것 같은데 다음에 나가면 또 거절당하고. 근데 이번엔 도대체 뭘 고치면 예뻐질 거 같아? 나 다음에도 퇴짜맞으면 이번엔 턱을 좀 깎아볼까 하는데."

오~마이 갓! 또순이 모두에게서 이런 말을 듣다니 정말 놀랄 노자였다. 그 말 속엔 내가 그녀를 좋아했던 당당함과 특유의 자신감은 하나도 찾아볼 수 없었다. 단지 딱딱한 번데기 속에 숨어있는 것 같은 움츠러든 날개의 괴생물체가 하나 있었을 뿐.

'모두를 위한 브랜드는 누구의 브랜드도 아니다'. 내가 모두에게 말해주고 싶은 건 이거다. 이 타깃 저 타깃에게 맞추어가다 보면 정작 자신다움은 남아 있게 되지 않는다는 이야기이기도 하다. 비슷한 얘기 중엔 이런 것도 있다. 모두가 좋아하는 눈과, 모두가 좋아하는 입과, 모두가 좋아하는 코를 종합해 보았더니 상상했던 완벽한 미녀 대신 웬 괴물이 그려져 있었다고.

그래서 성공한 브랜드일수록 말한다. 먼저 '자기다움'을 설정하고 목표를 최대한 정밀타격Pinpoint해야 한다고. 그래야 자신을 잃지 않으면서 목표 타깃을 감화시킬 수 있다고 말이다.

모두의 문제는 외모가 아니다. 모두의 문제는 모두에게 그녀의 외모를 맞추려고 하는 그 태도다. 모든 이에게 사랑받으려고 하는 잘못된 꿈이 그녀의 현실을 망치고 있는 거다. 그녀 자체가 그녀다움으로 서지 않았는데 어떻게 누군가를 감화시킬 수 있겠는가. 그리고 그 누군가의 대상은 결국 한 명이면 족한 것인데 왜 모두에게 사랑받으려 애정을 갈구하고 있는 것일까.

나는 그래서 하나의 브랜드가 제대로 존립하기 위해선 반드시 시행착오가 있어야 한다고 생각한다. 천 번을 흔들려야 어른이 된다는 말처럼 천 번을 흔들려야 제대로 된 브랜드가 될 수 있다는 거다.

특히 모두처럼 성공가도를 달린 자존심이 센 곰녀일수록 무엇보다 이 시행착오가 필요하다. 자신의 성공적 커리어가 연애에도 그대로 적용된다고 착각을 하며 한두 번 거절당한 것을 보통 사람보다 더 크게 받아들이고 못 견디는 것이다. 결국 애먼 시술만 반복하며 본인의 마음만 공허해지게 만들고 있는 셈이다.

연애에도 맷집이 필요하다. 천 번을 거절당해야 내 짝이 찾아올 수 있다는, 단단하고 굳센 마음가짐 말이다.

내가 모두보다 딱 하나 잘났다고 느끼는 것은 바로 이 맷집이다. 백수시절, 숱한 면접에 떨어지는 무수리 상황을 겪으며 곱씹고 또 곱씹었다. 진짜 나답게 산다는 건 뭔지, 쟤랑 다른 나만의 무기가 무엇일지. 또 그 무기를 가지고 어떻게 사랑받을 수 있을지를.

그래서 아빠도 엄마도 아니고 나는 내가 제일 잘 안다. 키 160센티 이상의 늘씬한 미녀와 붙으면 객관적으론 좀 밀려도 장신의 뚱한 미녀보다는 상대를 100배 더 즐겁게 해줄 입담은 있다는 것을. 그리고 그런 내 입담을 수다스럽다 생각하는 누군가도 있겠지만 다행히 코드가 맞아 내 말주변을 재치 있다 생각하는 누군가도 있을 수 있다는 것을. 그리고 그렇게 나의 특성들을 플러스⁺, 마이너스⁻ 해 나가다 보면 마지막엔 이런 결론이 나오게 되는 것이다.

세상엔 날 좋아하는 사람도 있지만, 좋아하지 않는 사람도 있을 수 있다는 아주 담담한 사실이자 팩트 말이다. 그리고 운 좋게 나를 좋아해주는 그 사람을 나도 좋아하게 되면 그 사람이 내가 선택할 정밀 포인트pinpoint 타깃이며 나만의 짝이 되는 거라고.

그리고 그게 '나'란 브랜드의 고유성을 지키면서도 나를 더 행복하게 만드는 길일 것이라고. 그리고 이런 과정을 통해 나를 잃지 않으면서도, 나와 매치될 단 한 명의 사람을 찾아가는 여정을 보다 즐겁고 여유롭게 즐길 수 있게 되는 거라고 말이다.

나만의 진짜 매력을 발산하는
내면이 성숙한 브랜드 만들기

모두에게는 바로 그 시간이 필요할 것이다. 타인으로부터의 평가를 덤덤하게 받아들이는 자세. 그 속에서도 나의 가치를 발견하고 발전시켜 나가는 자세. 참 힘든 일이겠지만 모두가 어른아이를 벗어나 진짜 어른이 되는 길은 이 '거절'이란 긴 터널을 통과의례처럼 묵묵하게 한번 버텨보는 일뿐이다.

내 쓴소리에도 불구하고 모두는 아직 그 길을 찾지 못했지만 언젠가는 그녀가 그 시행착오 끝에 스스로를 돌아볼 수 있길 기대한다. 그리고 그 시행착오는 결코 실패가 아니니까.

비단 모두 뿐만이 아니라 지금 누군가에게 거절을 당한 당신이라면, 그것이 결코 자신의 비하로 직결되지 않게 그 사실을 객관적으로 인정하고 내려놓는 시간이 필요하다고 생각한다. 그렇게 내가 모두의 여자가 아님을 깨닫는 순간 진정한 눈이 열린다.

나의 진짜 매력을 알게 되는 깊은 눈. 미운 오리새끼가 우아한 백조가 되는 순간의 그런 눈. 그래서 나는 진짜 그 어떤 것에도 흔들리지 않는 내가 되었노라 말하는 참 성숙된 눈 말이다.

'인생은 알 수 없는 정거장에 우리를 내려놓는다'고 한다. 그 알 수 없는 정거장이 너무 차갑고 무섭고 두려울지라도 우리는 반드시 도착해야 할 자신만의 목적지가 있다. 쉽지는 않지만 그 여정을 그냥 즐겨 봄도 나쁘지 않다. 믿거나 말거나, 이 불안한 싱글 라이프의 끝은 '그럼에도 불구하고' 해피 엔딩이니까.

"연하는 건드리지 않는다는 양심"

진심과 말이 어긋나면 불편해지기 마련이다. 속으로는 좋은데 차마 말하지 못하여, 속으로는 긍정의 말을 하고 싶은데 애써 부정의 말이 나가는 경우 등, 그 간극이 멀어지면 멀어질수록 감정의 체기가 생기는 게 상식이다. 그리고 그 감정의 체기를 불러일으키는 주제 중 곰녀들이 가장 고민하는 것을 하나 꺼내보려 한다. 바로 연하와의 연애, 혹은 결혼.

곰녀들이 체면치레 잘하는, 지극히 모범적인 사람들이라는 건 우리 스스로 너무나 잘 알고 있는 사실이다. 그래서 어찌 보면 '내가 어떻게 생각하는가'보다 '사회적으로 어떻게 생각될 것인가'를 더 신경쓰는 이들이기도 하다.

남녀에 관한 통념도 '사회적으로 어떻게 생각될 것인가'와 핑장히 밀접한 부분이다. 요즘은 많이 달라지긴 했지만 남자 연하와 연애하는 것 혹은 결혼하는 것에 대해 '내가 그러해도 되는가'의 조심스러움을 갖고 있는 곰녀들이 주변에 많다.

물론 요즘엔 5살, 혹은 10살 연하와도 스스럼 없이 연애하고 결혼까지 골인하는 여성들이 많이 등장하고 있지만 사실 그렇게 제 갈길 스스로 개척하고 있는 여성들은 곰녀의 무리와는 거리가 멀다. 그래서 내가 이야기하고자 하는 대상은 어디까지나 그런 것에 죄책감을 가지고 있는 곰녀들이고, 그녀들에 대해 이제는 생각을 좀 바꾸자는 권유의 이야기를 해보고 싶은 거다.

내 친구 '한상식'은 대학동창이자 현재 보장된 공기업을 다니고 있는 여성이다. 상식이를 생각하면 그야말로 모범생이란 말이 절로 떠오를 정도로 FM 코스를 밟아왔고, 그녀 스스로도 딱히 주변에 민폐 끼치지 않았다 자부하는 삶을 살아왔다. 일탈 혹은 무질서란 말은 그녀에게 전혀 어울리지 않았으며 공기업에 입사한 것 역시 비슷한 맥락이기도 했다. 오래오래, 편안하게, 그리고 별일 없이 직장생활을 이어가고 싶다는 장기적 안목에서의 선택이었으니까.

그래서인지 그녀가 추구하는 이상형 역시 다소 선비스러운 사람들이 많았다. 내가 기억하는 그녀의 남자들만 떠올려도 대다수 그러했던 거 같다.

"넌 어떤 남자가 좋아?" 하고 가끔 대놓고 물으면 "음, 따뜻하고 재밌고 자기 일에 전문적인 그런 사람?"이란 대답이 돌아왔다. 그렇게 모든 여성들이 선망할 것 같은 점잖은 취향의 이상향을 들으며 그녀와 어울리는 이는 뭔가 똑같이 FM일 거 같다는 그림을 머리 속으로 그려보기도 했었다.

그리고 그때만 해도 내 주변엔 연하와 연애하는 사람들이 드물어서 "야! A는 2살 연하랑 연애한대!" 혹은 "야, B는 무려 5살 연하와 뭔가 있나 봐"라는 말을 가십처럼 나누며 "연하는 진짜 남자 같다는 생각 안 들지 않냐?"는 나름의 멘트도 덧붙이곤 했다. 한마디로 우리가 생각하는 이상적인 남자의 조건 안에는 '연하'란 절대 끼어들 틈이 없는 '그건 됐고'의 단어이기도 했다.

그리고 나는 아직도 딱히 연하에게 매력을 느끼는 사람은 아니다. 결혼을 해서가 아니라 그냥 연하라고 하면 동생 혹은 미래의 사윗감 정도로 생각하게 되는 좀 특이한 뇌 구조를 가지고 있다. 때문에 연하를 좋아하는 것에 대한 고민 혹은 망설임이 과거에도 없었고 현재에도 없고 미래에도 딱히 없을 것 같다.

그런데 내 친구 상식이는 조금 달라진 거 같았다. 20대에 다양한 연애를 겪고 30대 중반을 지나고 있는 그녀는 언젠가부터 내게 이런 말을 하곤 했다.

"야, 근데 연하랑 연애하는 건 좋지만, 결혼까지는 좀 그렇겠지?" "응? 너 연하랑 사귀냐. 오~ 능력 있는데!" "아니, 내가 지금 연하랑 연애한다는 건 아니고. 만약에 그렇다면 어떻겠냐는 거지. 예전엔 몰랐는데 요즘엔 연하가 왜 그렇게 남자로 보이냐. 그래서 자꾸 고민이 되는 거야. 뭐 어떻게 사귀어 본다고는 해도 결혼까지는 좀…… 그렇지 않냐, 이런 거지."

이건 정말 굉장히 모순된 생각이다. 일단 연하가 남자로 보인다는 게 현재진행형 진심이고 그래서 나에게 지금 진심을 털어놓고 있는데, 말은 그 진심과 굉장히 어긋나게 전개되고 있기 때문이다. 그리고 '연하와 한번 연애를 해보고 싶다'는 마음을 털어놓았다가 곧 이어 '근데 연하와 결혼하는 것까지는 좀 아니지 않냐?'고 사회적 시선을 빗대 그 진심을 억제하는 건 역시 그녀가 지금 연하와 무언가 진행되고 있음을 스스로 암시하는 대목이기도 했다.

원래 그렇지 않은가. 내가 대단한 추론을 한 게 아니라 도둑이 제 발 저리면 이말 저말 늘어놓게 되는 법이다.

실제 그녀의 연애상황을 캐보니 연하와의 썸이 예상되는 몇 가지 포인트들이 있었다. 상대쪽에서 호감이 없는 건 아닌 것 같은데 막상 주저하는 건 친구 쪽이다.

"그 남자와 이런 일이 있었어……." 하고 눈빛을 빛내며 이야기하다가도 "야, 그럼 사귀라니까. 확 결혼해버려!" 하고 잽을 날리면 "넌 그게 쉽냐"며 이내 경계의 눈초리를 지어버린다. 그러니 나도 대꾸할 말이 영 없는 게 아니다. "야, 너 말 잘했다. 그러니까 하는 말이야. 네 말이랑 행동이 지금 상당히 다르다고."

'모든 브랜드는 나름의 주기를 가지고 변화한다'. 혹시 아직도 연하를 좋아하는 것에 대해 죄책감을 가지고 있는 상식이 같은 곰녀들이 있다면 이 말을 꼭 해주고 싶다. 연하를 좋아하면 진짜 사랑이 아니라 나이 어린 남자에게 침 질질 흘리는 사람 쯤으로 스스로를 비하하는 그들에게 "그런 죄책감 따위는 개나 줘버려"라는 말을 하고 싶었다. 다소 과격한 표현이긴 하지만 그만큼 답답한 사고 안에 있는 곰녀들을 위한 최선의 설득이니 여기서부터는 관심 반짝! 기울여 들어주면 더 좋을 것 같다.

일단 나는 현실세계의 연하는 좋아하지 않지만 TV 속 연하는 광장히 좋아하는 사람이다. 과거 그룹 '신화'로 시작한 나의 아이돌 덕후질은 '동방신기'로 이어졌고 그 후에는 '샤이니'와 '인피니트'를 거쳐 현재 '워너원'까지 이른 상태.

연령으로 따지면 70년생 후반부터 90년생 후반으로 이어지는 약 20년 가량의 격차가 있는 건데 내가 80년대 생이라고 하여 나보다 나이 어린 '워너원'을 좋아하는 것을 숨기거나 스스로 주책없다고 생각해본 적은 없다.

왜냐하면 그것은 그야말로 팬심이기 때문이다. 일부러 부정하거나 감출 이유가 없다. 그리고 무엇보다 워너원의 퍼포먼스는 정말 예술이다. 그런데 이 이야기를 TV속에서 꺼내 현실에서 한번 대입해보자.

우리보다 '연상이 남자로 보이던' 20대를 지나 우리보다 '연하가 남자로 보이는' 30대가 왔다고 해서 당신이 갑자기 이상해진

건 절대 아니다. 왜냐하면 20대의 연하는 우리에겐 '완성되지 못한 남자들'이었다. 신화 오빠들이 내 앞에서 춤추고 있을 때 이제 갓 학교에 입학했을 법한 연령의 워너원이 절대 남자로 보이지 않는 이치와 같은 거다.

하지만 우리의 30대는 상황이 달라졌다. 시간이 그만큼 흘렀고, 더 이상 워너원은 미취학 아동 혹은 이제 막 입학한 어린이가 아니다. 그들은 브라운관과 무대를 누비며 당당히 제 목소리를 내는 어른으로 성장했고 아마 앞으로도 3~4년 내 더 훌륭히 사회에서 자리를 잡아갈 거다.

같은 이치로 우리가 20대 때 눈여겨보지 않았던 연하들은 나와 함께 나이를 먹어가며 '완성된 어른'으로 자리를 잡았다. 더 이상 그들은 중대한 결정을 우리에게 미루거나 기대지 않으며 무엇보다 우리에게 징징대지 않는다. 오히려 더 많은 영감을 주고 더 많은 용기와 자극을 준다. 내가 가지고 있었던 열정, 그리고 진취적 기상까지도 그대로 닮은 그들은 그래서 신선하기까지 하다.

한마디로 연하남이란 브랜드는 완성된 남자란 브랜드로 변화했고, 연하남에 대해 고정된 관념을 가지고 있던 곰녀들은 그런 그들을 보며 생각의 변화를 가지게 되었다는 거다. 브랜드의 주기적 변화란 것은 바로 이런 상황적, 사고적 변화를 지칭하는 것이기도 하다.

그러니 당신이 연하에게 느끼는 호감은 결코 침을 흘리는 주책없음이 아니다. 어떻게 보면 그것은 지극히 자연스러운 감정이다. 몇 살 연하를 좋아하느냐 문제는 차치하고 그냥 그 감정은 병적인 것은 아니란 거다.

당신의 시간만큼 연하의 시간도 함께 흘렀고 그들의 상황과 우리의 사고가 함께 변했다는 것을 그냥 자연스럽게 받아들이면 된다. 단지 그뿐이란 말을 꼭 하고 싶었다.

내가 좋아하는 남자에게 직진하는
용기있게 행동하는 브랜드 만들기

'좋은 사람이라면 연하든 연상이든 놓치면 안 된다'가 어찌 보면 더 큰 진리인 것 같다. 연상과 연하를 가르는 것 자체가 어찌 보면 불필요한 일일 지도 모른다. 그리고 우리가 매번 경험하고 있는 일이기도 하지만 '나이와 인품은 비례하지 않는다'는 것이 사회가 우리에게 알려준 상식 아닌가.

어쩌면 철딱서니 없는 연상들에게 치였던 당신이 의젓하고 듬직한 연하와 사랑에 빠진다고 해도 그건 전혀 놀라운 일이 아닐 것이다. 그냥 그 남자는 당신에게 '좋은 남자'인 거니까. 그리고 그런 '좋은 남자'와 나이의 차이를 떠나 평생을 함께하고 싶은 것이 우리의 본심이니까.

와중 기쁜 소식은 내 친구 상식이가 요즘 좀 달라진 거 같다는 거다. 그녀의 죄책감을 덜어 준 끈질긴 설득 때문인지 더 이상 연하에 대한 두려움 혹은 망설임을 얘기하지는 않는다. 나는 그녀가 곧 연하와 더 좋은 소식을 가져다주길 간절히 기대하고 있다.

그리고 늦은 주말 나는 역시 TV속 워너원을 바라보고 있다. 아무리 봐도 춤이 예술이다. 그런 내게 남편이 약간의 핀잔을 던진다. "뭘 그렇게 아기들에게 푹 빠져서 보고 있냐"고.

그 말에 대꾸하는 내 대답은 이거다. "어, 난 그냥 당신이란 사람이 더 좋아. 남자로서는" 다소 뜬금없는, 질문과 어긋나는 대답이지만 딱히 기분 나빠하는 눈치는 아니다.

그냥 이런 거다. 나이를 떠나, 사회의 시선을 떠나, 내가 좋아하는 남자에게 직진하는 용기 있는 진심과 행동의 일치가 곰녀들에겐 필요하다. 연하라는 부차적 수식이 당신의 그 직진을 막을 수 없듯.

"'그 남자가 날 좋아하는 것 같아' 라고 말해줘"

"야, 내 말 좀 들어볼래?"

아직 미혼인 친구들과 대화를 하다 보면 꼭 이 순간이 찾아온다. 이 말이 건강이든 여행이든 미식이든 말하던 주제를 무 자르듯 끊고 들어와 은근한 목소리로 귓가에 퍼질 때면 확신은 곧 일백 프로가 된다. '아, 이제 곧 시작이구나'

그 시작된다는 건 다름 아닌 '요즘 친구들이 만나는 남자'에 관한 이야기다. 미팅이든 소개팅이든 자연스럽게 알게 된 관계든, 그 남자와 어떻게 만났는지에 대한 짧지 않은 도입을 거쳐 그간의 소상한 이야기가 본론으로 전개된다.

내용은 대략 이러하다. 그 남자가 자신에게 어떤 말, 어떤 행동을 했고 어떤 문자를 했는지에 대한 일자별 혹은 주간별 일지. 그리고 그에 대해 본인이 어떻게 반응했는가에 대한 상세 리액션 서술. 덧붙여 그때 본인의 감정은 이러저러 했다 등의 짧은 논평까지. 하지만 기승전의 알찬 구성을 거쳐 막상 결론으로 덧붙여지는 멘트는 늘 허무한 질문으로 마무리된다.

"근데 이 남자가 날 어떻게 생각하는 거 같아?"

내 친구 '주미화'는 이런 화법을 가장 많이 사용하는 이다. 미화의 특징은 연애할 때는 감감 무소식이다가 어느 순간 나타나 이런 내용의 이야기를 전화 혹은 친구들 모임에서 반복한다는 거다. 처음엔 '자랑질하는 방법도 가지가지다'라고 생각했다가 어느 순간부터 그녀가 좀 안됐다는 생각이 들기 시작했다. 왜냐면 말했다시피 그 패턴이 너무 뻔하기 때문이다.

미화가 전하는 바에 따르면 정말 그 남자와의 만남은 꽃길 뿐이다. 그 남자가 하루에 몇 번이나 자신에게 문자를 하는지, 그 문자에 얼마나 이모티콘을 섞어서 보냈는지, 그리고 그 문자에서 자신에 대한 애정을 어떤 단어로 표현했는지 등을 소상히 묘사하며 가끔은 그 일부를 직접 보여주기도 한다.

물론 연애에 정통하지 않은, 그리고 연애를 잠시 쉬고 있는 곰녀라면 이런 친구의 행동이 썩 마뜩지 않지만 "야, 좀 닥쳐!"라고는 할 수 없기에 정말 의리로 그녀의 이야기를 들어준다. 그 남자가 얼마나 그녀를 아껴주고 있는지, 정말 '그녀의 입을 빌어' 대신 확인하고 또 확인해주며.

하지만 의외로 이런 연애의 특징은 오프라인에서의 만남은 많지 않다는 거다. "그래서 그 남자랑 몇 번이나 만났다는 거야?"라고 따져 물으면 실제 그 남자와 만난 횟수는 그렇게 많지 않다. 많아야 한 3회 혹은 4회 정도? 그러니 그 상태를 콕 집어 표현하자면 그냥 '썸 타는 수준'인 거 같은데 미화의 말에 따르면 '그 남자는 분명히 자신에게 마음이 있으며 그 마음을 이렇게 문자로, 단어로 표현하고 있는 것이다'란 주장을 아주 강력하게 펼친다.

그리고 바로 다음에 이야기하는 것이 이거다. "근데, 이 남자가 날 어떻게 생각하는 거 같아? 좋아하는 것 같아? 좋아하지 않는 것 같아? 아니다. 좋아하고 있는 거 맞지?"

정말 미화가 오래 만난 고등학교 동창만 아니었다면 한대 쥐어박았을 거다. 내 자식만 됐어도 별 바보 같은 질문을 하고 있다며 회초리라도 들었을 지 모를 일이다. 하지만 그녀의 연애가 딱히 그녀가 미화해서 말하고 있는 만큼 굉장히 진전되고 있지 못함을 누구보다 경험상 잘 알고 있기에, 나아가 실제로 연애를 여우같이 하지는 못하는데 남자에게 완전 올인하고 있는 사랑꾼 친구의 진심이 너무 안타까워 그녀의 말을 도저히 안 들어줄래야 들어주지 않을 수 없는 것이다.

미화, 그녀가 관심이 더 있는 이 남자가 괜찮은 남자인지 아닌지 한 번이라도 더 확인해주기 위해. 그리고 그녀가 지금 미화해서 말하고 있는 그 남자의 행동이 진심인지 아닌지를 친구의 입장에서 객관적으로 감별하고 말해주기 위해.

하지만 안타깝게도 딱히 말해줄 것이 없다는 게 역시 함정이다. 그 남자들이 보냈다는 그 문자들은 별 게 아닌 내용인 경우가 너무 많기 때문이다. 친구가 밑줄 그으며 강조하는 그 꽃웃음 이모티콘은 그야말로 그냥 아무렇게나 날린 의례적 웃음일 뿐이며, 다음에 꼭 만나자고 말했다는 부분은 그야말로 사람 친구들끼리 다음에 밥 한번 먹자는 식상한 멘트 그 이상 이하도 아니다.

이것만은 부인할 수 없는 것 아니냐며 잘 들어갔냐 혹은 잘자라는 멘트를 보여주는데 그 또한 지금 당장 헤어져도 전혀 이상할 것 없는 그야말로 인간된 도리로서의 물음, 그 이상도 이하도 아니다. 문제는 내 친구 미화만 혼자 묻고 있다는 게 정말 문제라는 거다. 안쓰럽다 못해 안타까운 현실? 그러니 난 내 친구 미화의 질문을 귀찮아할 수는 있을지언정, 그녀 자체를 도무지 미워할 수는 없는 것이다.

확신 없는 브랜드는 끝없는 물음을 낳는다는 게 내 생각이다. 미화가 물음을 반복하는 그 남자와의 이야기가 더 디테일해질수록 그 남자와의 만남은 그 다음 번엔 반드시 'The End'가 되었으니까.

물론 그녀의 집요함이 그 남자와의 파탄을 부른 건 아니다. 우리에게 이렇게 그 남자와의 관계를 확인하는 동안 미화는 실제 그 남자에게 입 한 번 더 뻥긋 못하고, 마음 한번 더 전하지 못하고 벙어리 냉가슴 앓듯 그저 그 남자가 보낸 문자를 본인의 입장에서 확인하고 확인하고 또 확인했을 뿐이니까. 그러니 이런 상상 속에서 미화된, 한 번 해석된 사랑이 현실에서 제대로 진전될 리 없다.

차라리 미친 척하고 한 번 더 그 남자에게 전화를 해보든가, 지금 당장 술이라도 마시자며 그 남자의 마음을 확인해보는 것이 더 현명할 일일진대, 그렇게 행동으로는 정작 옮기지 못하면서, 그 남자의 진심은 확신할 수 없으니 애먼 친구들만 붙잡고 늘어진다는 거다.

하지만 그 물음 끝에 얻을 수 있는 건 아무 것도 없다. 그저 착한 곰녀 친구들이 남긴 "어, 그래 그 남자가 너에게 마음이 있는 것 같네"의 현실과는 괴리된, 그야말로 무의미한 응원만 남을 뿐.

나아가 더 한심한 건 그분이 정말 안녕을 외치며 떠나기라도 하면 그 헤어짐조차 깔끔하게 받아들이지 못한다는 게 문제다. 몇 주, 몇 달을 충격에서 허우적거리며 도대체 언제부터 그가 변심하게 되었는지를 다시 그 문자를 뒤적거리며 추적하기 시작한다.

"그래, 이즈음에서 웃음 이모티콘이 없어"라든가 "하루에 문자를 네 번 보냈는데, 이 날부터 두 번으로 확 줄었어"의 정말 의미 없는 이야기를 꺼내든다. 그리고 심지어 지금 그가 무엇을 하고 있는지를 CSI 버금가는 수사력을 발휘해 추적을 시작한다. 그리고 다크써클이 생길 정도로 이별의 아픔을 온 몸으로 느끼다 또 한번 자신의 연애를 들어주었던 지인들에게 전화를 걸어 물으나 마나 한 질문을 시작하는 것이다. "말해 봐. 걔가 날 좋아한다고 했잖아. 근데, 아니었어. 도대체 언제부터 이랬던 거지?"

참 어리석은 일이 아닐 수 없다. 곰녀들이 여우들의 연애를 부러워하는 이유는 그 스케일이 감히 따라갈 수 없을 정도로 과감하고 화려하다는 것도 있겠으나 무엇보다 그녀들의 연애가 '굴욕이 없다'는 것도 한 몫 할 것이다. 소위 말해 질척대지 않고 깔끔하다.

하지만 가만히 생각해보자. 여우들의 연애가 그토록 깔끔할 수 있는 것은 애먼 남자 잡지 않고 떠난 남자 기다리지 않는 과감한 현실 수용력에 있다. 바로 현실을 이성적으로 직시한다는 것. 그러니 곰녀들이 상대 남자들의 신호를 본인 멋대로 해석하고 막상 떠난 후에도 혼자 슬픔에 빠져 헛된 질문을 반복할 때, 여우들은 자신에게 맞는 남자를 찾아 적극적으로 누군가를 또 공략하고 열정적 연애를 반복하는 것이다. 정말, 여우같이, 감정의 한 톨도 낭비하지 않고.

현실에 솔직해지는
당당한 곰녀 브랜드 만들기

곰녀들이여! 우리 제발 현실에 솔직해지자. 당신이 하루아침에 여우가 되지 않을 것임을 나도 당신도 너무나 잘 알고 있다. 타고난 DNA는 변하기 어려우며 곰이 어설픈 여우 흉내 낸들 정나미만 떨어진다.

그러니 초절정 미모와 혀를 내두를 만한 연애 스킬로 돌부처도 돌아서게 할 연애의 고수가 아니라면, 지금 연애를 시작하는 당신! 오직 하나만이라도 제대로 기억하자. 절대로 당신의 현실을 속이지 않겠다고. 그저 담담히 당신의 현실을 받아들이겠다고.

모든 남자가 내 인연일 수도 없고, 그런 인연을 기대하는 것도 옳지 않다. 그러니 지금 그 남자가 자신에게 썩 관심이 있지 않음을 조금은 인정하기 싫고 자존심이 상할지라도 괜히 그 남자의 문자를 몇 번이고 들여다보며 자신을 피곤하게 하지 말자.

친구들에게 전화를 걸어 내 모든 연애를 장황하게 열거하지 말 것이며 헤어진 후에도 감정 전가하며 넋두리 늘어놓지 말자. 차라리 그 시간에 맘 편히 팩이라도 하고, 코미디 프로그램이라도 틀어 더 환하게 웃어보자.

인연을 상상 속에 억지로 붙들수록 나만 피곤해지니까. 와중 진짜 내 인연은 안드로메다만큼 멀어지니까. 복이 올 때 잡는 최고의 방법은 복이 아닌 걸 과감히 인정하는 용기, 그리고 새로운 인연으로 과감히 갈아타는 용기다.

마음먹은 것은 어떻게든 실천하려 노력하는 당신! 우직한 곰녀인 당신은 분명 이 교훈을 실천할 수 있을 것이다. 내 친구 미화와 함께 현실을 미화하지 않고, 과감히 그 방향을 선회해 길이 아닌 그곳으로는 달려가지 않는 거다. 당신은 그렇게 할 수 있다.

날 어떻게 생각하는 것 같아?

주절주절 미화된 연애스토리 끝에 의례적으로 따라붙는 물음.
연애상황이 좋지 않을수록, '괜찮다'는 말을 들을 때까지 무한 반복됨.

저기, 그 남자가 날…

어떻게 생각하는 것 같냐고?

아니, 그걸 어떻게…

이 질문, 벌써 백만 스무 번째다!

질문을 멈추게 하는 남자가 당신의 진정한 짝일 것이니
애꿎은 친구는 괴롭히지 마시길

"음…, 결혼하게 되면 어쩌지?"

옛날 중국 기나라에 걱정을 달고 사는 청년이 있었다. "달과 별이 떨어지면 어쩌지?", "땅이 꺼지면 어쩌지?", "하늘이 무너지면?", "나무가 부러져 머리가 다치면 어쩌지?" 등의 정말 말도 안 되는 내용을 걱정하던 그는 마침내 침식을 전폐하는 상황까지 이르렀다니 '기우杞憂'란 고사성어는 이런 한 청년의 정말 자기 살 깎아 먹는 쓸데 없는 고민에서 유래된 것이라 한다.

고대 중국까지 갈 것도 없다. 우리가 사는 21C에도 이런 걱정을 하는 사람들이 있으니, 남자를 만나러 가기도 전 그에 대한 일부의 정보만으로 스스로 걱정을 만드는 곰녀들이 바로 그 주인공 되시겠다. "뭐, 그 남자가 등산을 좋아한다고? 나는 등산 잘 못하는데", "교회 다녀? 그럼 우리 엄마가 반대하겠네. 불교

신자거든" 등등. 듣고 있다 보면 그와 사귀어 이미 결혼까지 전제하는 김칫국 마시기가 이들의 특징이다. 하지만 이런 장황한 걱정 후에 정작 소개팅에 나가기라도 한다면 차라리 다행이다. 하지만 진짜 심각한 건 "아, 그 남자와는 도저히 안 되겠어" 하며 나가기도 전에 만나지 않은 남자를 무 자르듯 잘라버리는 No try! 한마디로 무無시도의 곰녀들이다.

후배 '도마지'는 너무 많은 걱정이 앞서 도무지 남자 만날 시도조차 하지 않는 기우녀의 대표주자다. 학창시절 영어 토론 학회를 통해 만난 그녀는, 참석 하루 만에 '이것은 우리의 적성이 아니다'라는 것이 나와 뜻이 맞아 급속도로 친해졌다. 귀여운 얼굴에 아담한 체구, 내가 나중에 다시 태어난다면 꼭 저렇게 되고 싶다는 바람이 들 정도로 마지는 자꾸 애정을 주고 싶은 친구이기도 했다. 하물며 여자인 나도 이런데 남자들은 어떻겠는가.

마지와 함께 다니면 내가 연예인이 된 것이 아닌가 하는 착각이 들 정도로 길 가던 남자들의 다수가 그녀를 돌아보는데 그때마다 내가 다 어깨에 힘이 들어갔다. 더하여 말을 하다가 가끔 두 번째 손가락을 조심스럽게 부딪히며 신중히 말을 잇는 그녀의 모습이라니. 흡사 만화 속에서 툭 튀어나온 듯한 여주인공의 모습이 있어 나도 모르게 "아이구, 내 새끼!" 하며 안아주고 싶은 충동이 들기도 했으니까. 한마디로 내게는 마지의 러블리한 모습만 콩깍지 씌워지듯 쭉 씌워있었던 거다. 속에서 깊은 빡침

이 들게 하는 그녀의 상상 초월 기우가 그때부터 시작인지는 결코 모르고 말이다.

마지에겐 결정적으로 남자친구가 없었다. "야, 너 좋다는 남자 많다. 누구든 좀 사귀어 봐" 하고 추임을 넣으면 그녀는 고개를 도리도리하며 순진한 얼굴로 답했다. "언니, 전 사람 신중하게 만나고 싶어요. 그리고 제 주변에 있는 남자들은 좀 아닌 거 같아."

이러니 말하다가도 뭔가 재미가 없어진다. "야, 내가 니 얼굴이었음 남자 한 트럭은 만났겠다"라고 다시 불을 붙이면 "아휴, 진짜 아니라니까요"라고 고개를 절레절레 하니 역시 더 말을 붙일 수 없는 것이다.

하지만 원래 이성의 관심이란 것도 20대 중 후반에 피크로 몰리는 법이어서 어느덧 30이 된 마지도 이제 주위에서 남자를 찾는 연애가 아닌 소개팅으로 누군가를 만나야 하는 상황이 오고 말았다. 그래도 우리의 마지는 문제 없다.

"야, 애 어때? 나랑 같이 일하는 후배인데 진짜 괜찮아. 인물도 좋고 성격도 좋고. 뭣보다 너처럼 영화광이지" 하며 정말 신중히 생각한 후배를 그녀에게 소개라도 하려 하면 그녀는 그 큰 눈을 동그랗게 뜨며 걱정을 토로한다. "지난 번에 말했던 그 후배 아니에요? 그 후배 인천 산다면서요. 전 종로 살아서 안 되요. 연애 거리가 멀면 금방 헤어진대요." 그러면 또 이렇게 접근

해 본다. "마지야, 이번엔 좋아. 너랑 근처에 사는 남자야. 종로 사는 스터디 선배. 근데 이 선배 진짜 웃긴다. 말하는 것마다 빵 빵 터져" "언니! 그렇게 웃기는 사람이 실 없는 경우가 많아요. 그리고 전 웃기는 사람과는 안 맞을 것 같아요. 제가 좀 진지한 데 어떻게 그 사람의 장단을 맞춰줄 수 있겠어요" "으응?"

이렇게 연달아 거절을 당하다 어느 날은 내가 만나보고 싶다 는 생각이 드는 사람까지도 등장한다. "야야! 이 사람은 진짜야 진짜. 인물 봐라, 인물. 아주 다비드야. 직업도 치과의사라는데, 성격도 좋대. 다정다감하면서도 진지하다나? 뭣보다 독립심이 강해 부모가 개업해준다는 거 일부러 다른 병원에 들어가 일한 다더라. 네가 봐도 괜찮지 않냐? 이 남자도 네 사진 보더니 만나 보고 싶대" 이번엔 좀 넘어올까 싶었다.

그런데 마지는 참 단호하다. "언니! 치과의사 생활이 꽉 막힌 거 모르죠? 병원에서 사람 입만 들여다봐서 결벽증 걸린 사람들 도 그렇게 많대요. 그리고 주말마다 팔 뭉친 거 푸느라 마사지 가야 해서, 사람 만날 시간도 그렇게 많지 않다나 봐요. 그리고 뭣보다 의사들은 상대에게 바라는 거 있지 않아요? 자신은 진짜 아닌 척 해도. 그런 사람을, 제가 꼭 만나야 할까요?"

물론 만나지 않아도 좋다. 마지의 사진을 보고 꼭 한번 만나 보고 싶다던 그 치과의사도 마지가 조목조목 따지는 거절의 말 들을 듣다 보면 오히려 질려서 그녀를 더 만나고 싶지 않을 테니까.

하지만 놀라운 사실은 이렇게 거절을 반복하는 마지의 연애사를 돌이켜보면 서른이 되도록 누군가를 제대로 사귀어 본 적이 없다는 거다. 한때 그녀를 쫓아다녔던 숱한 남자들의 일방적 대시를 제외하고는, 정말 그녀는 남자와 손 한번 잡아본 적 없는 천연기념물적 존재로 서른을 맞이했으니까. 아무도 믿을 수 없고 믿으려 하지 않지만 사실이었다. 그녀가 숱한 남자들을 상상 속에서 평가하고 내치는 사이 그녀가 만날 남자의 수는 이미 제로가 되어버린 거다.

브랜드로 따지면 '숱한 핑계와 걱정으로 정작 자신의 콘텐츠는 써내리지 못한, 아니 시도조차 못한 바보 같은 브랜드가 탄생'된 격이다. 나는 이런 마지의 모습을 40대 중년 아저씨들에게서 많이 발견하곤 했다. 모든 일을 시작하기 앞서 그렇게 걱정이 많고 중요한 결정마다 이런저런 걱정부터 앞세우며 주저주저하는 팀장급 아저씨들 말이다. 그 배경엔 그들의 '나이 듦'도 한 부분을 차지하겠지만 역시 가장 큰 이유는 '책임감' 때문이란 것을 나중에 알게 되었다. 이 일을 하면 시행착오가 좀 많을 것 같고, 그런 시행착오를 실패처럼 고스란히 가져가는 게 싫다. 그래서 결국은 이렇게 저렇게 머리를 굴리다가 그 일의 시도 자체를 하지 않는 경우가 태반이었다는 거다.

그 두려움은 인정한다. 하지만 무엇보다 이런 이들과 일을 한다는 건 일할 맛이 안 나는 문제를 떠나 제대로 된 일을 할 수 없다는 게 가장 큰 타격이다. 왜냐하면 '몸으로 부딪혀보지 않고서'는 그 어떤 일의 실체를 제대로 파악할 수도, 제대로 마무리 지을 수도 없기 때문이다.

연애도 마찬가지 아닐까. 그 남자의 여러 가지 조건들을 만나기도 전에 자로 재는 듯 이리저리 재 보았자 사실 무쓸모한 일이다. 사진 속 그 남자의 얼굴이 현실 속 남자와 차이가 있을 수도 있고, 운동을 좋아한다는 그 남자의 취향이 생각보다 적극적이지 않을 수 있다. 더하여 정말 웃기다는 그 남자가 너무도 헛웃음 나오는 유머만 반복하여 오히려 내가 그 남자 앞에서 재롱을 떨고 있을 상황이 만들어질 수도 있으니, 한마디로 요지는 이거다.

누군가로부터 전해 듣는 몇 가지 조건들은 그 사람의 온전한 콘텐츠가 아니라는 것. 글로 따지면 그런 조건들이 문장 중간 중간을 구성하는 단어 정도는 될 수 있을지언정 콘텐츠 그 자체를 대변하지는 못한다는 거다.

그러니 우리는 직접 그 남자와 만나 내 시간을 투자하며 '그'라는 글을 적극적으로 파악해가야 한다. 그러면 그 단어가 이런 맥락에서 쓰여진 것이고 이런 뜻을 담고 있는 것이란 걸 하나씩 파악할 수 있다. 비유하면 일종의 문장을 알아가는 건데, 또 이런 문장들이 하나씩 쌓이고 쌓이다 보면 재미있는 구성을 발견할 수 있다.

운전은 그 사람의 트라우마라 잘하진 못하지만 철인 3종 경기를 즐겨 할 만큼 담력은 있다는 걸, 그래서 언젠가 그 경기에서의 우승을 꿈꾸며 매일 운동 중이라는 걸, 그리고 여자친구와도 운동 하나는 공유하고 싶어서 예쁜 커플 자전거를 사 두었다는 것 등등. 문장이 쌓일수록 그 사람에 대한 이해도도 높아져 간다. 물론 그 긴 글을 어디까지 완성할 것인가, 그리고 그 결론이 '그래서' 나는 그 사람과 계속 만날 것이다, 혹은 '하지만' 이 사람은 아니다로 끝맺을 수 있음도 역시 당신의 몫이겠지만.

자신의 남자를 결정하는
나만의 탐구정신 브랜드 만들기

마지에게 남자를 만난다에 대한 전제는 '혹시 이런 사람이면 어떻게 하지'가 아니라 '그 사람이 어떤 사람인지는 내가 직접 판단해야 한다'로 바뀌어야 할 것이다. 좋은 단어의 조건들로 구성되었지만 사실 그 사람이 나쁜 남자일 수도 있고, 나쁜 단어의 조건들로 구성된 것 같지만 실은 그 누구보다 괜찮은 남자일 가능성도 있다. 그만큼 사람이란 유기체는 몇 가지 단어 따위로 정의되기에는 참 다양하고 모순된 부분들을 지니고 있어 일단은 그 모든 걸 함께하려는 '탐구정신'이 필요하다. 또 그런 특성들을 함께 파악해 가는 것이 연애 혹은 결혼으로 향하는 즐거운 여행일 테니까.

인생은 알 수 없는 정거장에 우릴 내려놓는다고 한다. 그 정거장이 내가 예상했던 그곳이 아니더라도 기꺼이 그 정거장에 한번쯤 머무를 수 있는 여유를 가지는 건 어떨까. 여행을 떠나기 전부터 그 여행지에 대한 무언가를 평가하는 것만큼 바보 같은 건 없을 테니까. 더하여 스스로 내린 상상 속 결론에 휘둘려 떠날 생각조차 하지 않는 건 더더욱 슬픈 일일 테니까. 혹시 마지처럼 아직 방에 앉아 아직도 이런 저런 걱정의 나래를 펼치고 있는 이들이라면 지금 당신에게 필요한 건 그냥 딱 한 가지다. 모든 생각을 버리고 밖을 향해 박차고 나가는, 무대뽀 정신!

"곰녀도 여우도 아닌 어떤 변종"

　　모든 사람은 배움의 습득력이 다른 법이다. 학창시절을 떠올려 보자. 함께 수업을 듣고 있다고 해서 모두 똑같은 성적이 나오는 것은 아니다. 그 내용을 얼마나 잘 이해하고 소화했는가에 따라 일등부터 꼴찌까지 공평히 순위가 매겨지는 것이니, 영역은 다르지만 연애에 있어서도 마찬가지라 생각한다. 아니 오히려 편차가 더 크다고 해도 과언이 아니다.

　　공부는 미친 듯 노력하면 안 되는 경우가 드물지만 연애 유전자는 그 사람의 DNA로 깊이 새겨져 있기 때문이다. 따라서 한 사람의 습성에 대해서는 너무 많은 변화를 기대하지는 않는 게 좋다. 이 책에서 말하는 것도 '덜 당하고 사는 곰녀가 되자'는 것이지 '여우로 변신하자'는 드라마틱한 내용은 아니니까.

그런데도 어떤 곰녀는 스스로 곰녀임을 인정하지 않고 어떻게든 여우가 되기 위해 부단히 애를 쓴다. 본인이 이상적으로 생각하는 여우의 상을 설정하고 그렇게 되기 위하여 책을 읽든, 강의를 듣든, 직접 여우 친구를 섭외해 차 한잔을 마시든, 마치 수험생이 공부를 하는 것처럼 얼음에 박 밀듯 부단히 애를 쓰는 것이다.

하지만 이런 노력들은 오히려 보는 사람이 진이 빠진다. 자신의 주제를 너무 벗어나지 않았으면 좋겠는데, 너무 열심히 그 이상을 향해 달려간 나머지 여우들의 행동을 잘못 벤치마킹하는 경우도 종종 등장하기 때문이다. 그리고 이런 잘못된 응용은 정말 그 누구에게도 사랑받기 힘든, 곰도 여우도 아닌 어떤 변종을 만들어낸다.

'나성실'은 성실한 곰녀의 표본이라고 할 수 있는 내 동갑 친구다. 초등학교 때부터 알아온 그녀는 딱히 이것이 좋다, 싫다 호들갑을 떨며 표현하는 것도 없었지만 그녀가 말하는 건 "아, 그래 성실이가 말하는 건 다 맞지" 하게 만드는 담백한 진심이 있었다. 늘 무표정한 듯 심경변화가 적은 그녀이기에 친구들과의 관계에서도 딱히 호불호를 가리는 게 없었고, 그래서인지 중, 고등학교 때도 성실이는 '너 아니면 못 살아'의 소규모 또래 집단에 목숨을 걸지도 않았지만 모두가 그녀를 좋아하게 만드는 힘이 있었다.

있는 듯 없는 듯 늘 그 자리에 서 있는 그녀에겐 언제나 믿음이 갔고, 이런 말수 적고 묵묵한 품성은 직장생활에서도 빛을 발해 "나성실에게 일을 맡기면 확실하다"는 극찬도 낳게 했으니까. 이 밖에도 더 많은 미담이 있지만 여기선 이쯤에서 생략한다. 요지는 그만큼 성실이는 그녀 자체로 참 괜찮은 곰녀다는 말을 하고 싶은 거다.

하지만 언제부턴가 성실이가 '조금 변했다'는 소식을 듣게 된 건 내가 결혼하기 직전 즈음이었다. 청첩장을 전해 주기 위해 근 일년 만에 성실이를 직접 만나게 되었다. 그리고 그녀가 오기 전, 그동안 그녀와 몇 번 만났던 친구와 통화를 하고 있었던 나. 그런데 이 친구의 수다가 장난이 아니다.

"야, 성실이 걔 완전 딴 사람이야. 옷차림이며 하는 행동이며 난 나성실 아닌 줄 알았다니까" "우리 나이가 지금 몇인데 변하는 게 당연하지. 그리고 좀 신경 써야 하는 시기는 맞잖아. 길거리 봐라. 20대 예쁜 여자들이 차고 넘쳤어. 그러니 자연광은 없어졌어도 때 빼고 광내는 인공광이라도 있어야 누가 좀 봐주지 않겠냐?"

안 그래도 성실이가 오기 전인데 뒷담화가 시작되는 것 같아 얼른 말을 돌려버렸다. 그랬더니 친구도 굴하지 않는다.

"야, 그게 아니라고. 성실이가 좀 이상한 여우가 됐어. 일단 옷차림이 거의 술집 여자고, 말할 때도 아 그래요? 어째요? 하면서 막 오버하면서 웃는데 어색해 죽는 줄 알았다니까. 진짜 별 말 아니었거든. 내 기억으론 날씨 좋다의 수준이었는데, 갑자기 웃겨 죽겠다는 듯 손까지 휘저으며 반응하는 거야. 도대체 왜 그러냐? 난 걔 더위 먹은 줄 알았어."

이번엔 말이 더 심해진 것 같아 대거리를 좀 하려는데 마침 성실이가 저쪽에서 들어온다. 처음엔 나도 그녀가 아닌 줄 알았다. 가슴이 거의 튀어나와 인사할 것 같은 짝 달라붙는 원피스에, 10센티 정도의 킬 힐을 신어 걷는 것도 뒤뚱뒤뚱. 그리고 그 짧은 구간에서도 수시로 긴 생머리를 쓸어 올리며 위태롭게 걸어오더니 갑자기 나와 눈이 마주치자 자세를 교정한다. 입꼬리는 최대한 올리고, 가슴은 다시 하늘을 향하듯. 그리고 무엇보다 미스코리아처럼 허리에 왼손을 얹고 인사를 한다.

"승주야, 하~이!"

어른들이 가끔 "말세다 말세" 하는 말을 했었는데, 아마 이 대목에서 내가 그 말의 뜻을 실감했던 거 같다. 성실이는 나와의 만남 내내 이상한 코스프레와 행동을 반복하며 '물에 기름 뜨듯' 부유하고 있었으니까. 혹시 어디선가 성실이 부모님이 쳐다보시고 있을 것 같아 나는 내 카디건을 그녀 무릎 위에 얹어주며 말을 이었다.

"너 되게 달라져 보인다" "응? 호호호! 많은 사람들이 그런 말을 해. 알아봐줘서 고.마.워~" 하는데 내 손까지 가볍게 치며 고음으로 웃는다.

그렇게 계속 그녀와 말을 반복하다 보니 어? 이거 어디선가 많이 본 장면 같다는 생각이 들었다. 옷은 가슴골이 보이게 과감할수록 좋다, 작은 말에도 상대와 눈을 맞추며 적극적으로 반응한다, 말은 기분 좋은 고음으로, 상대와의 스킨십도 적절히 사용하며. 어? 어? 이거 그건데! 하는 순간 마음 속에 품고 있던 말이 절로 튀어 나왔다.

　"야, 너 요즘 연애스킬 책 읽냐?"

　'혹시나' 하는 생각이 '역시나'가 맞았다. 이후 집요한 취재 끝에 알아낸 그녀의 변화 원인은 다름 아닌 그 '연애스킬 책' 때문. 서점가를 점령하고 있는, 그래서 연애가 풀리지 않았던 한때 나도 구매까지 했었던, '여우가 되는 비기를 알려준다'던 그 권위 있는 책들 덕분이 맞았다.

　덧붙여 알게 된 것은 최근 3년 사이 결혼하고 싶은 성실이의 마음과 달리 그녀의 연애는 굉장히 풀리지 않고 있다는 사실이었다. 그리고 뭔가 곰 같은 자신이 싫어서, 남자들에게 좀 더 사랑받고 싶은 여자가 되고 싶어서 한두 권으로 시작해 여우들의 행동을 따라 하게 된 것이 오늘날 그녀를 만든 결정타였다는 거다. 그래서 내가 더 묻고 싶은 질문은 이거였다.

　"그래서 그 이후론 연애가 좀 잘 되었어?" "예전보다는 좀 애프터는 있는 것 같은데……. 남자들이 다 별로긴 해. 그냥 한두 번 만나고 헤어지고. 좀 오래 가지는 못하는 것 같아." 말끝을 흐리는 얼굴에서 예전 성실이의 모습이 스쳐 지나갔다.

"야! 넌 이게 더 매력적이야" "뭐가?" "니가 이 꼬라지를 하고 다니는데 어떤 괜찮은 남자가 꼬일 수 있겠냐. 그냥 너 살던 대로 살아. 성실하게. 품위있게!"

브랜드에겐 무엇보다 정체성이 생명이다. 그래서 난 사람이 태어난다는 건 브랜드의 정체성이 이미 결정되는 일이라고 생각한다. 물론 그 사람이란 브랜드를 완성시키는 것에는 선천적 요소와 후천적 요소가 함께 결합되겠지만, 곰녀 DNA를 가지고 태어난 이들은 그냥 그 DNA를 발전적 방향으로 계발하며 사는 게 좋겠다는 게 내 시행착오 끝 결론이었다. 그건 천성이기 때문이다. 그리고 천성과 가장 잘 맞는 외모와 행동을 결합하는 게 내 '아름다움을 더 극대화하는' 최고의 방법이다.

곰녀가 아무리 여우 흉내를 낸들 그 여우를 따라갈 수 없으며 체화되지 않은 그 흉내는 상대에게도 불편함으로 전해질 수밖에 없다. 그러니 성실이와 어울릴 만한 괜찮은 남자들은 그녀에게 흥미를 잃고 금방 떠나게 되는 거다.

행여 어떤 남자와 몇 번을 만났다고 하면 그건 그냥 그 남자들이 '한두 번 즐기다 간 정도'라고 밖에 생각할 수 없다. 속된 말로 좀 잘 넘어올 거 같아서, 조금 무책임하게 만나도 괜찮을 거 같아서, 그냥 머물다 떠난 거다. 왜냐하면 우리 곰녀들이 생각하는 것 그 이상으로 상당히 여우 같은 남자들이 많으니까. 마치 아빠 옷을 빌려 입은 듯한, 백치미를 일부러 발산하고 있는 그 '어색한 기류'를 귀신같이 알아차리고 그냥 그 시간을 즐기다 갔던 것이다.

묵직한 곰녀는 다가가기 어렵지만 여우가 되고 싶어하는 곰녀만큼 쉬운 존재는 없으니까. 그리고 그런 '척'하는 존재들에게는 본인들도 '척'하면서 다가가도 전혀 양심의 가책이 느껴지지 않으니까. 일종의 페이크 게임처럼 서로가 서로의 겉면만 핥다가는 거다. 그 어떤 진심의 깊이도 공유하지 않고. 그 어떤 큰 기대도 생각하지 않고. 그저 노닥거리다가.

어설픈 여우가 되지 않을
매력적인 곰녀로 성장하는 브랜드 만들기

성실이가 다시 그녀의 페이스를 찾을 때까지는 많은 시간이 걸릴 거다. 완벽한 여우가 되지는 못했지만 그 여우가 되기까지의 시간만큼 돌아오는 시간에도 노력이 필요하기 때문이다. 성실이가 여우가 되지 못한 또 하나의 증명은 '끝없이 자책한다'는 그녀의 마음가짐에도 있었다. 어떤 남자가 떠나가면 '내가 여우가 덜 된 것인가'라는 것으로 자책하는 그녀의 소심한 마음. 그러니 그녀가 원하는 것처럼 쿨한 여우가 되는 것은 그 약한 마음을 버리지 않고서는 절대 가능하지 않을 것 같다. 본심은 반복하듯 DNA로 박혀 있는 것이니까. 그 DNA를 외모로 포장할 수는 있어도 내면까지 바꿀 수는 없는 거다. 아마 다시 태어나면 가능한 일일 수도 있겠지만.

그리고 성실이는 무엇보다 굳이 여우가 될 필요가 없다. 착한 성품, 한결같은 편안함, 배시시 웃는 다정다감함이 매력적인 그녀는 그녀와 잘 맞는 남자를 아직 만나지 못했을 뿐이다. 롱치마에 화장기가 없는 얼굴이 제일 잘 어울리는 내 친구 성실이는, 그런 그녀를 '단지 곰녀'가 아닌 '청순하다'라고 생각할 남자를 만나야 더 빛이 날 것 같다.

물론 그런 남자는 한번에 만나기 쉽진 않을 거다. 누구나 자신의 인연을 만나기까지 숱한 시행착오를 거치는 것처럼 성실이 역시 자신의 짝을 찾기까지 만나고 헤어지는 숱한 과정을 반복할 테니까. 하지만 그 과정에서 적어도 우리 '아무 것도 아닌 사람'은 되지 말자는 거다. 스스로 곰녀임을 인정하며 자신을 발산하는 게 더 낫지, 곰녀가 여우 따라가느라 나타나는 부작용인 그 이상한 변종은 되지 말자는 거다. 차라리 곰녀 자체로 자연스러운 게 낫다. 그래야 최소한 자신만은 잃지 않을 수 있을 테니까.

"멋내지 않는다는 무모한 자신감"

나는 감히 누군가의 외모를 지적할 만한 수준이 아니다. 한때 '끌로에'를 '콜'이라 불렀던 패션 브랜드 문외한으로서 내가 이런 말을 할 건 정말 아닌 것 같긴 한데, 그래도 할 말은 꼭 하고 넘어가야겠다. 아직도 멋을 내는 데 도통 관심이 없는, 그래서 서른 초중반의 나이에도 아직 후드티와 청바지만을 고집하는 곰녀들에게 '제발 좀 꾸미라'고 쓴소리 좀 하겠다는 거다.

꾸미지 않는다는 건 고집을 넘어 무모함이라고 초장부터 감히 단언해 둔다. 우리가 자체발광 빛나는 사춘기 시절의 중, 고등학생이 아니요 보송보송한 솜털을 자랑하는 20대 초반의 소녀도 아닐진대 자신을 가꾸는 일에 담을 쌓고 산다는 것은 사실 있을 수도 없고 있어서도 안 되는 사실이다.

•

꾸민다는 것은 누군가에게 보여주기 이전에 자신을 더 아름답게 가꾸기 위한 자기계발의 일환인데 일은 똑소리나게 잘하면서 머리나 옷에 대해서는 '그게 뭐에요' 하고 심드렁하게 반응하는 것은 도대체 무엇에 근거한 자신감인지 모르겠다. 우리의 경쟁력은 내적 요소를 넘어 외적 요소에도 존재한다는 사실, 그건 과거나 현재에나 변하지 않는 하나의 진리인데 말이다.

내 친구 '심해영'은 친구들 중에서도 울트라 초특급 스펙을 자랑하는 곰녀다. 모두가 평준화된 교육을 받고 있을 때 해영이는 스스로 과학고 진학을 계획해 시험에 턱 하니 합격했다. 대학 역시 모두가 한국 내 진학만을 생각할 때 미국 주립대에 덜커덕 붙어 유학이라는 게 실제 가능한 것임을 선두적으로 보여준 친구다.

그런 해영이가 대학을 졸업하고 외국계 은행에 합격했다고 했을 때 정말 친구들 사이에서는 '아!' 하는 감탄사가 절로 흘러나왔다. "야, 해영이는 도대체 못하는 게 뭐냐?" "그러게. 우리는 서울로 대학 와 취직하는 것도 이렇게 힘들었는데 걘 정말 노는 물이 다른 것 같아" "야, 해영이 정말 몇 년 만에 보는데 너무 기대된다. 그치?"

스물셋 이후 처음 보는 해영이. 마침 서른이 된 우리였기에 그녀가 얼마나 멋있게 변했을까에 대한 기대는 비단 나만의 것은 아니었던 것 같다. 멋진 정장과 하이힐을 신고 뭔가 드라마틱하게 나타날 것 같은 기대감으로 나와 내 친구들은 약속 장소에 먼저 도착해 그녀의 등장만을 기다렸다. 정말 칠 년을 고대한 약속이었다. "야, 너네 뭐해?"라고 외친, 뭔가 꾀죄죄한 느낌의 후드티를 입은 그녀가 우리의 상상을 산산조각 내기 전까지는.

설마설마 했는데 역시 맞았다. 마치 오빠 것을 얻어 입고 온 듯한 회색 후드티에 무릎 나온 청바지를 장착한 그녀. 게다가 머리는 존 레논처럼 똑단발로 우중충하게 귀를 가렸는데 그나마 보이는 얼굴도 뿔테 안경테로 반 이상을 가린 그녀가, 바로 해영이가 맞았다. 정말 칠 년 만이었는데, 그녀는 그토록 우리의 우상이었는데, 기대감이 부서지다 못해 살짝 기가 차서 잠시 그녀의 얼굴을 아무 말 없이 쳐다봤던 것 같다.

그런데 해영이는 우리의 이런 기분을 알아채긴커녕 뭔가 기분이 안 좋은지 친구들에게 대충 인사하고 술부터 달라 한다. "야, 미안하다. 내가 오늘 실연을 좀 당했거든. 벌써 몇 번째 남자냐" 하고 이어진 그녀의 이야기.

평소 직장에서 같이 일하던 남자에게 대시를 한 모양이다. 놀라운 것은 그 남자에게 대시를 한 것이 그날을 포함해 두 번 정도 더 있었던 모양인데 그때마다 단번에 차였다는 것. 그것도 "너랑은 진짜 만나기 싫다"는 굉장히 직설적이고 단호한 대답과 함께 말이다. 해영이는 술을 홀짝이며 말을 이었다.

"진짜 남자들 웃긴다. 나 같이 괜찮은 여자가 대시하면 아이구 감사합니다 하고 받아들여야 하는 거 아니야? 내가 뭐가 부족하냐. 직장이 없어, 돈이 없어. 이것들이 정말 복에 겨워 보는 눈이 없어요!"

이 말이 우리들에겐 두 번째 충격이었다. 혼자 분노하는 그녀의 말에 전혀 공감을 할 수 없었으니까. 내가 남자라도 이렇게 우중충한 느낌의 그녀에게 호감을 느낄 수 없을 거 같은데……. 뭔가 그날만 편하게 입고 온 것이 아닌 것 같은 느낌적인 느낌. 꾸미는 것과는 몇 년 동안 담을 쌓고 살았을 거 같은 흔적이 심해영, 그녀의 외모에 고스란히 묻어 있었으니까.

나중에 해영이를 몇 번 더 만나며 알게 된 사실이었지만 그녀는 '꾸민다'는 것을 뼛속부터 우습게 보는 이상한 생각을 가지고 있었다. 자신은 공부를 잘하고 일을 잘하는 능력만으로 충분히 멋있으며, 때문에 꾸민다는 것은 속된 말로 골 빈 애들이 자신을 감추는 포장술이라는 거였다. 그러니 무슨 말을 해도 그녀에게는 한마디로 우이독경이었다. 그러면서도 남자들이 자신을 싫어하는 이유에 대해서는 전혀 감을 못 잡겠다는 발상이 너무 창의적이어서 좀 놀라웠달까.

'나'라는 브랜드의 내면과 외면은 동시에 존중되고 가꾸어져야 한다. 내면이 빈약해 외면만 가꾼 브랜드는 속 빈 강정이고 내면만 중시해 외면을 가꾸지 않은 브랜드는 끌리지 않는다. 이것은 아름다움의 밸런스와도 같은 문제다. 특히나 요즘처럼 외적 요소에 관심이 많아지는 시대에 자신을 가꾸는 것을 스스로 포기하는 건 뭔가 시대착오적 발상이란 생각까지 든다.

사실 해영이 같은 곰녀는 내 주변에서 드문 케이스이긴 하다. 보통은 너무 외모에 집착을 해서, 혹은 외모에 지나치게 자신감이 없어서 초래되는 비이성적 사례는 많았어도 자신의 외모를 너무 등한시하면서도 남자에 대해 이처럼 지나친 자신감을 보인 사례는 좀 특이한 경우였다.

그나마 다행이라 생각했던 것은 정말 곰녀란 말이 절로 나올 정도로 꾸미지 않으면서도 전혀 주눅들지 않는 모습? 우울하지도 않고 밉지도 않은데, 단지 조금 코미디 같아서 웃픈 현실? 아무튼 해영이에겐 누군가의 자극이 필요했다. 그래서 한동안 그녀와 일부러 약속을 만들어 함께 다녔던 거 같다.

해영이와 이야기를 하다 보니 역시 선진적으로 무언가를 선택하고 공부를 한 친구라 그런지 배울 것도 참 많다는 생각이 들었다. 그녀가 눈을 빛내며 자신의 일 혹은 문화, 예술에 관한 조예를 이야기할 때면 내 친구지만 참 멋지다는 생각이 들었으니까. 하지만 역시 꾸미는 것에 대해서는 나와 참 많이 다른 생각을 가지고 있었다. 상당히 많이 이상한 각도로. 가끔은 궤변을 늘어놓기도 했는데 가령 이런 말들이다.

"우리나라 여성해방을 외친 과거 신여성들을 봐. 굉장히 전투적이지. 흰색 상의, 까만 치마의 개량한복. 머리는 쪽을 지거나 단발로 아주 간편하게 하고 있잖아? 그만큼 단 한 명의 여성이라도 더 깨우쳐야 한다는 생각에 자신의 외모는 신경 쓸 여유가 없었던 거지. 너무 멋있지 않냐? 훌륭한 브레인의 여성들이 누구보다 공격적으로 살아온 흔적들이. 난 그분들을 닮고 싶어. 내가 후드티에 청바지를 입는 건 그네들에 대한 일종의 존경이야. 그리고 나 역시 허울 따위는 벗고 내면을 더 성실히 채워가겠다는 일종의 다짐이기도 하고."

말을 듣다 보니 좀 속상했다. 이렇게 똑똑한 아이가 어찌 이리 어리석은 생각을 하고 있는지 모르겠다는 생각도 들었다. 그래서 나도 모르게 좀 공격적으로 이야기했던 거 같다.

"저기, 신여성 하니까 말인데. 그분들이 꾸밀 여유가 없어서 꾸미지 않은 것이지 딱히 꾸미기 싫어서 꾸미지 않은 건 아니야. 그리고 오해인 것이 우리 나라 일제 후기 때 신여성들만 봐도 상당히 세련된 모습을 하고 있어. 그러니 모두가 신여성이란 단어에 대해서 동경을 했던 거고.

그리고 누군가를 선진적으로 깨워야 하는 사람들이 네 말처럼 외모에 전혀 신경을 쓰지 않고 다녔다면 이 나라는 아마 개화되지 못했을 거야. 그렇게 꼬질꼬질한 사람이 하는 말 자체에 전혀 관심이 생기지 않았을 테니까.

그리고 외모를 꾸미는 게 쓸모 없는 짓이라 하는데 나는 그렇게 많이 배운 네가 왜 아직도 그러고 다니는지 모르겠다. 신여성, 개화, 이런 거 다 쓸데 없고, 너 남자 만나겠다며. 근데 이러고 다니면 어떤 남자가 좋아하겠냐. 당장 네 얼굴을 좀 봐. 선크

림은 좀 바르니? 이제 서른 된 애가 마흔 살이 친구하자 할 만큼 푸석푸석한 얼굴로 다니면 정말 어떤 남자가 네 고백을 받아주 겠냐!"

말이 이상한 게 하다 보니 단어가 또 생각나고, 길어지다 보 니 리듬이 붙는다. 그래서 나도 모르게 좀 오버했던 건 맞다. 해 영이는 이런 내 말을 듣다가 점점 입이 벌어지더니, "나 갈게" 하 고 쌩 나가버렸다. 아마 단단히 화가 났었겠지.

자신의 내면이 품격있게 전달될 수 있는 외면까지 아름다운 브랜드 만들기

늘 거울 앞에서 살라는 얘기도, 명품백으로 당신을 휘감으라는 얘기도 아니다. 적어도 해영이 같은 곰녀들에겐 자신의 내면이 상대방에게 품격 있 게 전달될 수 있는 가꿈이 필요하다는 거다. 그래야 적어도 그녀가 무슨 말 을 하려고 하는지에 대한 철학이 그녀가 호감 있어 하는 남자들에게 향기 롭게 전달될 수 있을 테니까. 정말 그 최소한의 예의를 말하는 거다. 자신을 저버리지 않는, 놓아버리지 않는, 자신의 내면을 포장하는 최소한의 그릇.

그리고 냉정하게는 내면보다 외면을 먼저 보는 세상이다. "너의 훌륭한 철학이 그런 허름한 그릇에 담겨 있었구나"라고 개탄했다던 어느 공주의 랍 비에 대한 촌철살인처럼, 그릇이 허름하면 그 사람의 내면에 담긴 생각이 무엇인지조차 제대로 보려고 하지 않는 요즘이다. 그러니 머리는 비었으되 자기를 잘 가꾸는 여우들을 우리는 흉 봐서는 안 될 것이다. 적어도 그녀들 은 그런 외면적 요소에 사람들이 혹 한다는 걸 잘 알고 있는 것이니까. 그리 고 잘 활용하고 있는 것이니까.

한동안 해영이를 잊고 있었는데, "잘 지내?" 하고 문자가 온 걸 보니 절교할 정도로 화가 나지는 않은 모양이다. 오늘은 그녀와 만나 백화점에라도 가 봐야겠다. 똑똑해서 너무 멋있는 내 친구가 외모 따위로 비굴해지지 않게 화장품 하나라도 같이 골라야겠다. 외면까지 아름다운 해영이는 그 어떤 남자에게도 전혀 꿀리거나 차이지 않을 슈퍼울트라 워너비 여성이 될 수 있을 테니.

자뻑도 병

자존감이라 하기엔 나쁜 병. 특히 츄리닝 수준의 청바지를 고집하며
남자가 꼬이지 않음을 한탄한다면 시급한 응급처치가 필요한 난치병.

골빈 애들이나 꾸미는 거지!
난 워낙 똑똑하니까

꾸미지 않아도 된다는 무식한 말 대신,
대용량 에센스를 추천합니다

진도 못 빼는 답답연애녀 이곰녀 / 지나친 능력남 선호녀황공주 / 이별
남 못 잊는 박미련 / 내 남자 내가 선택한 연애주도형 저곰녀 / 잠수남
걸러내기 / 너무 센 보통남자병 하모호 / 지나친 신중녀 그곰녀 / 과도
한 잔소리과 박교정

제 2 장

알고 보면 의외로 헛똑똑이들

왜 결정적일 땐 소심해질까

"구태여 새것이 되지는 맙시다"

글을 쓴다는 건 내 생각을 밝히는 것과 같은 일이다. 때문에 글을 쓰고 있는 이 순간에도 혹시 내 책을 읽을 주변의 독자들을 고려하지 않을 수 없다. 개중 제일 먼저 떠오르는 사람은 다름 아닌 부모님이다. 만약 단 한 명이 내 책을 사준다면 가장 가까운 친족이며 원년 멤버이자 지지자들이 바로 그들일 것이기 때문에. 그래서 아마도 이 챕터는 글을 쓰면서도 내 부모가 은연 중 의식되는 주제가 될 수도 있겠다. 바로 많은 미혼 여성분들이 고민하는 '혼전 SEX'.

이 SEX의 문제에 있어 내 부모를 제일 먼저 의식한 이유는, 부모가 내게 알려준 가르침이 '혼전 SEX는 절대 옳지 않다'이기 때문이다. 내 주관적 생각일 뿐이지만 곰녀가 된다는 건 유전적 요소가 제일 크다. 내가 곰녀인 이유는 우리 엄마가 곰녀였기 때문이며 우리 엄마가 곰녀인 이유는 우리 외할머니가 곰녀였기 때문이라는 논리. 그리고 그렇게 대대손손 곰녀로 살아온 곰녀가 자손 곰녀에게 전하는 가르침 중 참 단호한 부분이 있다면 단연 이성과의 성관계일 것이다.

사극 버전으로 묘사한다면 머리에 곱게 쪽을 진 한복 입은 할머니가 "어찌 여자가 함부로 몸을 굴릴 수 있느냐!"고 호통을 치는 모습? 그만큼 결혼 전 여자는 무조건 순수해야 한다고 그들은 가르쳤으며, 그 '새것'의 자부심으로 남자들을 남들보다 더 떳떳하게 만날 수 있는 거라고 했다.

나는 그 가르침을 참 잘 실천한 케이스다. 여대를 진학한 건 부모님의 뜻이 아닌, 수능 성적에 맞춘 것뿐이었지만, 그래서인지 난 그 흔한 광란의 음주MT 없이 다과를 즐기며 학창시절을 보냈다. 그리고 가끔 썸을 타기도 했던 남자친구들과 그 흔한 1박 2일 여행도 없었다. 혹시 서울에서 속초로 여행을 간다고 하더라도 저녁 때까지는 무조건 집에 돌아와야 했고, 덕분에 나랑 좀 친해져 보겠다 했던 친구 혹은 오빠들은 그 다음날 일정을 위해 집 근처 찜질방에서 잠을 자기 일쑤였다. 해서 그들과의 인연도 그렇게 길지 않았다. 삭신이 쑤시는 찜질방 하룻밤이 불편하기도 했겠지만 아무리 만나도 별 일 일어나지 않는 나에 대한 애정이 확 식어서가 더 컸을 것이다.

한마디로 속칭 '진도'란 것이 어느 선에서 꽉 막혔던 관계였기에 학창시절 남자친구란 존재에 대해 그렇게 애가 타지도 않았고, 헤어져도 그냥 쿨하게 내 생활을 했던 것 같다. 개중 아직도 가끔 생각나는 이가 있다면 4년 연상이었던 한의대생 오빠다. 속으로는 나도 굉장히 좋아했던 거 같은데 뭔가 쑥스러운 마음에 '오빠'란 호칭 대신 '여기요', '저기요' 하면서 한 3개월을 만났다.

그러다 어느 날은 영화관엘 들어갔는데 이 분이 내 손을 살포시 잡는 것이 아닌가. 순간 불에 데인 것처럼 굉장히 당혹스럽고 어찌할 줄을 몰라 손을 뿌리쳐버렸다. 그 사람이 싫은 건 아닌데 뭔가 손을 잡으면 안아야 할 것 같고, 안으면 뽀뽀해야 할 것 같고, 그렇게 그 다음 진도를 나아가야 할 것 같은 강박관념이 너무도 무서웠다. 덕분에 '저기요', '여기요'란 호칭과 무無 스킨십을 3개월이나 참아준 그분과는 또 다시 빠이빠이를 해야 했지만.

이후로도 이런 일이 반복되다 보니 학창시절 연애는 그렇게 드라마틱하지 않았다. 그리고 1년에 단 두 명만 뽑는다는 라디오PD 필승합격을 위해 청춘을 바쳤던 백수 시절에는 정말 아무 일도 일어나지 않았다. 딱히 무슨 일을 만들 시간도, 무슨 일을 만들 남자도 주변엔 없었으니까. 하지만 역시 취업 후 결혼을 생각하면서 문제는 또 발생했다. 워낙 성관계가 배제된 '플라토닉 연애'에 익숙했기에 결혼을 전제한 소개팅을 해도 뭔가 이 사람이 내 사람인가, 아닌가 좀체 감이 오질 않았다. 조건을 따져

보면 다 괜찮은데 '그래서 내가 결혼할 사람인가'를 생각하면 또 갸우뚱해지는 거다.

당시엔 일도 바쁜 터라 한 사람을 만날 때까지 적어도 3개월의 공백기가 있었는데 정작 그 사람들을 떼어내는 데는 3일이면 충분했던 거 같다. 만나면 뭔가 감이 오지 않아 안녕! 조금 친해지려고 하면 무서워서 안녕! 손이나 어깨를 잡으려는 스킨십이라도 하면 더더욱 안녕! 그러니 스스로 판단해도 내가 문제가 참 많은 인간이란 생각이 들어, 하루는 친한 후배에게 토로를 했다.

"결혼까지 할 수 있는, 내 사람이란 느낌을 어떻게 받지?"

그랬더니 그 후배는 의외로 명쾌한 답을 내어 놓는다.

"그냥 그 사람이랑 손 잡고 뽀뽀하고 잘 수 있는가를 생각해 봐요. 그렇게 할 수 있으면 그만큼 그 사람이 좋고 또 믿음이 간다는 증거니까."

마음이 가면 몸이 간다. 그녀가 말하는 건 요약하면 이거다. 그런데 여기서 문제는 또 있다. 바로 혼전 SEX를 절대 금지하는 우리 곰녀 선배들의 조언 때문.

"근데 나는 누군가와 끝까지 진도를 나갈 생각이 없는데? 특히 결혼 전에는 말야!"

그랬더니 그녀는 눈을 똥그랗게 뜬다.

"어머! 언니, 진짜 청학동 수준 아니에요? 요즘 누가 그 사람과 자보지도 않고 결혼을 해요? 그러다 잘못하면 변태 만나요.

이상한 생각을 지닌 성 변태!"

그리고 덧붙인 그녀의 설명이 꽤 논리적이다. 나보다 연애 경험이 훨씬 많은 그녀는 동거문화를 신봉하지만, 그 문화가 아직은 한국에서 용인되지 않아 SEX를 통해 그 남자를 파악한다고 했다. 사실 SEX란 것이 원초적으로 생각하면 동물의 교미에 가까운 본능적 행동이지만 그런 경험을 얼마나 자연스럽게 받아들이느냐의 의식 차이가 그 사람과 함께할 부부간의 문화, 결혼의 질까지 미리 파악할 수 있게 해줄 거라 했다. 유독 성에 대해선 보수적인 한국에, 성 변태가 더 많다는 통계적 수치도 덧붙이며.

그녀의 이야기를 듣다 보니 예전에 언론고시를 할 때 좋아했던 마광수 교수의 에세이가 생각났다. 혹자는 마 교수에 대해 '변태적 작가'란 비난을 던지지만 그의 에세이, 특히 '나는 야한 여자가 좋다'의 내용들은 사회, 문화에 대해 자유롭고 진보적인 의견들을 피력하고 있다. 특히 마 교수가 주창하는 섹시함은 '천한 아리따움'이 아닌 함석헌 선생이 말한 '야인정신野人精神'과 맞닿아 있다.

가령 문명인이 윤리적 허위의식으로 가득한 사람이라면 야인은 본인의 그 욕망을 거침없이 표현하는 감성인이라는 것. 덧붙여 성에 대해 엄숙할 정도의 경건주의가 오히려 비이성적이고 퇴폐적인 문화를 조장하며, 본능을 중시하는 건강한 표현의 자유가 외설로 비아냥 받아서는 안 된다는 것을 주창하는 것이다.

그때도 이 논리는 참 신선했지만 후배의 이야기를 통해 다시

금 그 자극과 감명을 느낄 수 있었다. 사실 혼전 SEX 금지라는 것이 얼마나 단순하고 보수적이며 자연스럽지 못한 논리인가. 건강한 두 남녀가 이성적으로 끌려 서로를 육체적으로 탐색하고자 하는 것도 하나의 커뮤니케이션일진대, 단지 그 성SEX이란 주제와 결합되었다고 하여 그 커뮤니케이션 자체를 쉬쉬하고 미연에 차단하려는 생각 자체가 말이다.

자유롭고 섹시하게, 주체적 연애 브랜드 만들기

'자유로운 브랜드는 섹시할 수밖에 없다'는 명제가 생각나는 순간이기도 했다. 성에 대해 얼마나 솔직한 담론, 행동을 펼칠 수 있는가는 꽉 막힌 자세가 아닌 유연적 행동의 발전으로 이어지기 때문이다. 물론, 만나는 남자마다 함부로 몸을 주라는 얘기는 아니다.

대신, 성SEX이란 주제에 대해 얼굴 붉히지 않고, 부끄러워하지 않고, 내 생각을 밝힐 수 있는 줏대를 만들어보자는 얘기다. 이런 주제가 나올 때마다 "야, 다른 얘기 좀 해" 하고 말 돌리지 말고, "나는 이렇게 생각해"라고 얘기할 수 있는 당당함을 키우자는 것이기도 하다. 나 역시 한때 이런 주제 자체를 꺼리며 말을 잇지 못했지만 그것이 순진하다 못해 얼마나 매력 없는 태도였는지는 지금에서야 반성된다.

"난 예뻐요. 고와요"만 외치는 브랜드는 사실 얼마나 나이브naive한가. 오히려 내 마음속 욕망을 핀셋으로 콕 집어 이야기할 수 있는 브랜드는 거침없다 못해 멋있는 매력을 내뿜는다. 마치 우리가 한 편의 강렬한 외국 광고에서 쾌감을 느끼는 것처럼. 그리고 당신이 끝까지 혼전 SEX에 반대하는 선택을 할지라도, 난 전혀 상관이 없다. 단지 적어도 이런 이야기에 대해 좀 더 개방적이 되어 보자는 것뿐이다. 그것이 곧 당신의 생각의 폭을 대변하는 것이기도 하기 때문에.

덧붙여, 예전의 나처럼 순진한 곰녀들에게 성과 남자를 연결지어 굳이 선택이 필요하다 한다면 성 경험이 전무한 남자보다는 성 경험이 있는 남자를 택하라고 하고 싶다. '차돌에 바람 들면 천리를 날아간다'는 속담처럼 성 문화 자체에 전혀 문외한이다가 갑자기 SEX에 눈을 떠 이상한 쪽으로 탐닉하게 되는 경우도 여러 번 보았기 때문이다. 역시 쉬쉬하다가, 아닌 척하다가 잘못된 길로 빠지는 것보다는, 대놓고 무언가를 이야기하는 게 깔끔하고 생산적이다. 결국, 성SEX이란 주제는 여자이기 때문에 꺼려야 하는 주제가 아니라 여자이기 때문에 더 적극적으로 생각해야 할 주제이기도 하다. 섹시한 내 자신이, 섹시한 내 배우자와 허물 없이, 거침없이, 행복하게 살아가기 위해. 그리고 브랜드와 브랜드 간의 더 화끈하고 통 큰 커뮤니케이션을 위해.

"'여자라서 안 되겠어요.' 조선시대로 간 알파걸"

한때 "여자라서 행복해요"를 외치던 냉장고 광고가 있었다. 당시 인기 절정을 구가하던 여배우가 주부로 등장한 이 광고는 '좋은 냉장고를 갖는 것=여자의 특권'임을 내세우며 하나의 광고로서는 꽤 많은 주목을 받았었다. 더불어 "여자라서 ○○해요"라는 광고카피 패러디도 코미디, 드라마 등에 유행처럼 등장했었는데 지금 생각하면 그런 주목과 인기는 90년대에나 먹히던 것이 아닌가 싶다. 요즘 같은 여성 상위시대에 어설프게 "여자라서 ○○해요"를 내세웠다간 "시대가 어느 때인데 말야" 하며 알파걸들의 공격을 받을지도 모를 일이니까.

하지만 무슨 영문인지 성 역할에 얽매이지 않는, 매사에 적극적이고 대담한 알파걸들도 갑자기 조선시대 후기로 회귀할 때가 있다. 정확히 말하면 회귀보단 후퇴에 가깝다. 예를 들어 직장에서 한 팀을 통솔하는 여성 리더가 남자와의 관계에서는 갑자기 '여자'임을 너무 강조하는 일이 그런 것이다.

물론 남성에게 좀 리드당하고 싶고 일대일 관계에서 자신의 여성성을 드러내고 싶은 마음은 인정한다. 그러나 정말 이런 마음을 떠나 "내가 여잔데 말야⋯⋯." 하는 식으로 좀 불리한 부분에서는 성을 내세워 억지스러운 주장을 펼친다는 게 문제다. 그리고 자신의 역할을 대폭 축소하거나 그 문제로부터 도망치며 스스로 조선시대 후기 처자로 퇴보를 가속한다.

'황공주'는 직장에서 무려 2개 팀을 이끄는 30대 중반 팀장이다. 그녀는 사회에서 알게 된 친구로 광고회사에서 함께 근무했다가 지금은 대기업에 스카우트되어 고속 승진코스를 밟고 있다. 그런 그녀가 결혼할 남자를 소개한다고 했을 때 "오~진짜?" 하는 반가움, 그리고 궁금증이 동시에 들었다. 공주가 참 잘난 친구이기 때문에 그녀가 3년이나 그토록 좋아하며 만난 남자가 어떤 사람인지 알고 싶었기 때문이다. 그런데 막상 소개한다는 날이 다가와도 공주로부터는 연락이 없었고, 급기야 얼마 후에는 그분과 헤어지게 되었다는 것을 알게 되었다.

알고 보니 다름 아닌 경제적 문제 때문이었다. 막상 결혼을 하려고 보니 이 남자가 8천만 원밖에 없었다는 논리, 그런데 양가에서는 '알아서들 결혼해라'는 무관심이었다는 논리였다. 그래서 전셋집 하나도 번듯하게 마련 못하는 이 말도 안 되는 논리가 싫어 결국엔 헤어지게 되었다는 논리. 그야말로 들을수록 '참 대단한 논리'를 나중에 공주와 통화하다 직접 듣고 알게 되었다.

"너 돈 많이 모았잖아. 한 3억 있다고 하지 않았어? 그 돈으로 그 남자와 신혼집 구하면 됐잖아. 필요하면 은행 대출도 좀 끼고."

그녀와 통화하다 결국 내 생각이 입 밖으로 나오고야 말았다. 나처럼 평범한 일개미도 아니요, 정말 탁월한 능력과 좋은 보수를 받고 있는 그녀가 다른 것도 아닌 돈 때문에 결혼을 못했다는 게 참 이해가 가지 않았다.

"야, 그게 말이 돼? 나 차장이야, 차장. 한 회사의 팀장이라고. 지금 좋은 곳에서 호텔 결혼식을 해도 모자랄 판국에 전셋집이 말이 돼? 난 경제적으로 내가 보태지 않아도 되는 남자와 결혼하고 싶어. 그 남자가 그렇게 돈이 없는 줄 알았으면 그렇게 오래 사귀지 않았을 거야. 그리고 그 집도 너무하지 않니? 하나밖에 없는 본인들 아들인데 돈 한 푼 보태주지 않는다는 게."

흥분하듯 말하는 그녀의 목소리를 들으며 '아, 내가 괜한 이야기를 했다' 싶었다. 말은 모질게 하고 있었지만 그녀의 말투 사이사이에서 이 직 그 남자에 대한 미련과 사랑을 느낄 수 있었으니까. 결국 어설픈 안부를 물으며 전화를 끊었다. 너무 쉽게, 너무 직접적으로 의견을 전한 것 같다는 미안함을 느끼며 말이다.

그리고 실제 그녀가 이 결정으로 상처투성이가 되었다는 것도 곧 알게 되었다. 한 6개월이 지났을까. 술에 취한 그녀가 집 앞까지 왔다.

"야, 세상에 왜 이렇게 괜찮은 남자가 없냐. 집 해 올 능력이 있으면 인간들이 뭔가 다 재수가 없어. 내가 정말 이런 대접을 받으면서 결혼을 해야겠냐."

그동안 그녀는 그 남자를 잊으려고 한 트럭 쯤 되는 남자들은 만난 거 같았다. 조건의 1순위는 일단 '서울에 10억 이상 집을 해올 수 있는 경제적 능력이 있는 사람들'만 선별해서. 그런데 막상 만나보니 다 별로였다는 거다. 그 남자들은 돈 좀 있다고 친구를 무시하거나, 돈은 있는데 박력이 없거나, 자기 돈이 아니고 물려받아야 할 부모 돈이라 마마보이처럼 엄마에게 쩔쩔매고 있었다는 등, 그 사연도 정말 '무쓸모 알집파일'처럼 슬프게 다채로웠다. 그러니 이런 이야기를 들으며 또 속으로 이런 생각이 드는 거다. '그러게, 그냥 그 남자랑 결혼하지 그랬냐!'

사실 그녀가 이해 가지 않는 바는 아니다. 나 같아도 1억 있는 남자 만날래, 10억 있는 남자 만날래 하면, 10억 있는 남자에게 혹 하게 되는 건 인지상정이니까. 하지만 내가 편하게, 여자로서 대접받고 살고 싶다고 하여 그 '돈'이란 조건을 성품보다 우선시 하는 것은 굉장한 브랜드 역선택을 불러일으키는 사고라 생각한다.

결국 공주는 강남 모처에 시가 20억을 호가하는 집을 가진 사업가에게 시집갔지만 그녀의 불만은 여전했다. 가령 언젠가 전화를 걸어 털어놓는 그녀의 사연은 이러했다.

"돈 많으면 뭐하니. 바늘로 찌르면 피 한 방울 안 나올 정도로 수전노야 수전노. 사람이 같이 영화를 보거나, 이야기를 재밌게 하거나, 아니면 취미생활이라도 맞아 산책이라도 가면 좋은데 만날 그놈의 돈돈돈! 그 돈 죽을 때 싸가려고 그러나."

그녀의 한탄 속에 섞인 암시들이 인상적이었다. 같이 영화를 보고, 이야기를 재밌게 하고, 취미생활이 맞아 만날 한강으로 강아지 끌고 산책하던 것들은 지금 그녀가 선택한 남자가 아닌, '과거의 그 남자'와 공유했던 행동들이니까.

그런데 정작 집이란 조건이 충족되고 보니 과거의 남자로부터 채워졌던 부분이 더 크고 허전하게 느껴졌던 거다. 공주가 만난 그 부자 남자가 그녀와 성격까지 딱 맞았다면 더 좋았겠지만, 어디까지나 공주는 그 조건을 보지 않았기에 자신의 이상향과는 참 거리가 먼 남자와 살게 된 것이다. 그리고 사춘기 소녀처럼 아직도 방황을 하고 있는 거다.

'나를 공주로 대접하게 하라'. 이 사고는 '여자'라는 브랜드라면 모두가 품고 있을 욕망이라 생각한다. 하지만 그 공주란 단어를 어떤 뜻으로 해석하는가에 따라 그 뜻은 천차만별로 해석

된다. 만약 공주란 단어를 왕자란 단어의 반대개념으로 생각할 경우, 서로가 서로를 존중하는 왕자와 공주의 관계로 주체적으로 공생하게 될 것이요, 만약 그 공주가 '그 어떤 상황에도 불구하고 오직 보호받기만을 원하는' 연약한 존재 즈음의 단어로 간주된다면, 남자에게 기대 수동적인 성향을 보이게 되는 경우를 초래할 수 있다는 것이다.

내 친구 공주의 경우 후자에 가까운데 사실 그녀의 예는 다소 극단적인 케이스여서 '나와는 참 거리가 멀어'라고 생각할 곰녀들도 있겠다. 하지만 따져보면 '소극적 여자로 운신하는' 그 태도는 우리 곰녀들의 사례에서도 종종 발견된다.

가령 남자와 소개팅을 하게 될 경우 소개팅 남자가 연락을 취할 때까진 절대 먼저 연락하지 않는다거나, 그 남자와 만날 약속 장소 또한 그분이 정해주길 바라거나, 절대 그 남자에게 먼저 대시하지 않고 연락만 기다리는 행동 말이다.

그리고 이런 사고들은 말했듯 그 정도의 차이는 있을지언정 "여자가 왜, 여자가 무슨"이란 사고와 같은 맥락이다. "남자가 이런 것쯤은 알아서 해줘야지" 식으로 자기 결정권을 상대에게 미루어버리는 태도. 이것은 직장에선 그렇게 싸우고 다투며 스스로를 쌓아나간 여성들이 연애와 결혼에 있어서는 여성이란 성SEX을 내세워 비겁하게 숨어버리는 모순이기도 하다. 슬프지만 종종 발견되는 우리의 현실.

여성의 성 정체성이 당당해질 수 있는
연애에서 주도적인 브랜드 만들기

나 역시 아직 이 주제에선 자유로울 수 없다. 한때는 나도 '그 남자가 먼저 연락을 했으면 좋겠다'는 생각, '내가 좋아하는 남자가 집은 해왔음 좋겠다'는 생각, 그리고 결혼해 살고 있는 이 시점까지 '남자가 혼자 벌고 나는 쉬고 싶다는 생각' 참 많이 한다. 미혼일 때는 그 남자와 끈을 잇게 되는 '결정적 대사'와 '혼수'의 문제들이 주된 고민이었다면 기혼인 지금은 '경제적인 모든 것'들에 대해 '나는 여자니까 남자가 다 해결해주면 안 되나'는 생각을 하게 되는 것 같다. 그만큼 내가 생각해도 좀 피하고 싶고, 책임지기 싫고, 피곤해지는 일들은 모두 여자임을 내세워 멀리 하고 싶은 건 사실이다. 정작 직장에서는 "지금 여자라서 무시하시는 거에요?"식의 당돌한 발언들을 주저하지 않으면서 말이다.

그러니 이 주제에 대해서는 나도 결코 자유로울 수 없는 스스로의 불합리성이 있어 '이렇게 하시라'는 말보다는 '내 친구도 문제고 나도 참 문제다'라는 말로 결론을 내리려 한다. 이것은 참 우리가 노력해야 하는 문제. 여성해방을 외친 역사가 몇 세기에 걸쳐 이루어져 왔듯, 우리의 진정한 주체가 회복되는 역사도 향후 몇 세기는 지나야 실현될 문제일지도 모르겠다. 여성의 고유 영역이기 때문에 당연히 불평등적으로 보호받아야 할 부분은 제외하고 (가령 출산과 체력적 문제 등은 우리가 남자와 같을 수 없다) 우리가 당연히 남성과 동등하게 짊어지고 가야 할 부분까지 스스로 회피하는 것은 지양되어야 한다는 것이다. 결국 나를 구성해 나가는 것은 내 결정이기 때문에. 그리고 그 결정을 '여성'이란 성 뒤에 숨어 해결해버리는 순간 전혀 상상하지 못했던 잘못된 결론이 내 앞에 나타날 수도 있기 때문에. 나도 당신도, 이것은 의식적으로 고민해봐야 할 문제다. 우리의 성 정체성이 일관성 있게, 보다 당당해질 수 있도록.

"이별에 대하여 깔끔하게 경례!"

　곰녀들에게 사랑이란 맞이하는 것도 쉽지 않지만 보내는 것도 쉽지 않다. 그럴수록 힘들어지는 건 본인은 물론 본인 친구들이다. 연애를 할 때부터 "그 남자가 정말 날 좋아할까?"의 조언을 구하던 곰녀들은 헤어짐에 있어서도 같은 질문을 반복하기 때문이다.

　"그 남자가 정말 날 좋아하긴 했을까?" 혹은 "그 남자가 정말 나랑 헤어진 게 맞는 걸까?" 등의 물음 말이다. 그리고 이렇게 끝없는 질문과 반복된 자기합리화에 마침내 곰녀들의 친구들도 수화기 너머 넋을 놓을 즈음, 당사자의 울음 섞인 목소리가 우리의 우정을 자극한다. "으어어엉! 도대체 그 남자가 나랑 왜 헤어지자고 했을까. 내가 얼마나 잘해줬는데."

하지만 우리는 알고 있다. 아무리 우리가 그녀들에게 '좀 기다려 봐' 혹은 '오늘이라도 연락이 올 수 있어'의 눈가림식 위로를 던지더라도 떠나간 남자로부터 연락은 오지 않을 거라는 거. 그리고 한 번 떠난 남자는 돌아올 가능성이 희박하다는 거. 그래서 참된 친구라면 오히려 그 남자를 기다리라는 말 대신 "그냥 그 남자 잊고 빨리 새 출발해!"라는 말을 해주는 게 낫겠다는 생각이 든다. 이별 앞에서 본인 속 썩이고 얼굴 망가지는 푸닥거리 좀 그만하고 그놈의 웬수 같은 정精을 끊어내자는 거다. 만남이 신중할수록 좋다면 '이별은 경제적일수록 좋기' 때문이다.

내 친구 '박미련'은 대학교 3학년 때부터 복학생 선배와 CC가 되어 무려 5년간 장기연애를 했다. 처음 1년은 서로를 알아가느라 알콩달콩했고, 다음 1년은 함께 취업준비를 하느라 알콩달콩. 하지만 3년째부터는 친구가 먼저 취업하면서 연애가 좀 시들해지긴 했다. 한쪽은 늘 회사 일에 매달려 있느라 정신없었고 다른 한쪽은 백수생활을 청산하기 위해 공부하느라 정신없었기 때문이다. 하지만 친구는 사랑을 넘어 아름다운 의리를 보여주었는데, 백수 남자친구를 2년간 밥 세끼 꼬박꼬박 먹여가며 연애를 이어간 것은 물론, 동영상 강의비용을 자비로 보태주기도 했다.

그러니 그 남자가 삼수 끝에 드디어 변호사 시험에 합격했을 때 그 누구보다 진심으로 떨 듯이 기뻐했다. 고생 끝에 낙이 온다고, 친구의 이런 모습을 보며 우리 모두 미련이가 그 선배와 결혼하게 될 것을 아무도 의심하지 않았다. 하지만 정말 삼류 드라마 같은 반전이 생겼으니 변호사 시험 합격과 동시에 국내 3대 로펌 중 한 군데에 취직하게 된 이 남자는 입사 4개월 만에 친구와 이별을 선언했다. 그것도 직접 대면하는 것 없이 문자로 '우리 헤어져'란 단편적이고 무례한 통보만을 던진 채.

그러니 내 친구가 제정신일 수 있겠는가. 미련이는 남자친구에게 숱한 전화와 문자를 반복했고 그래도 묵묵부답인 상대에게 분노해 회사 앞까지도 찾아가기도 했다. 하지만 정작 회사까지 가서도 그를 만나지 못하자 정신적 충격에 그날로 앓아 눕는 막장 드라마를 찍었다.

그래서 그 이후엔 연락이 되었냐고? 아니다. 그놈은 끝내 아무런 의사도 표현하지 않았고, 딱히 이렇다 할 마무리 없이 친구의 연애는 끝이 나버렸다.

그리고 이후 미련이는 그녀의 꽃다운 20대를 '그놈을 기다리면서' 혹은 '그놈만한 남자를 만나지 못했다'는 핑계로 어이없이 흘려 보냈고, 서른이 되어서도 누군가를 만날 자신감이 없다는 무無의욕의 상태를 반복하다 또 다시 서른다섯을 맞이했다. 그리고 서른 중반이 된 지금에서야 미련이는 뭔가 정신이 든 것도 같은데, 얼마 전 흥분한 목소리의 그녀에게서 전화가 왔고 그 내용이 대략 이러했기 때문이다.

'드디어 그 남자가 어떻게 살고 있는지 알아냈다. 메일 계정을 가지고 구글링을 해보니 페이스북 하나가 걸린다. (우리 곰녀들의 집착은 무섭다. 한때 신촌 CSI로 불리던 나도 10년 전 남자의 근황까지는 찾기 어려운데, 그 어려운 과업을 오기 하나로 끝내 해내고 마니까)

근데 그 남자는 벌써 결혼을 했고, 와이프는 내가 상상한 것 이상으로 별로고, 아들 한 명 있는데 걔도 그닥 귀엽지 않다. 그리고 무엇보다 그 남자는 완전 뚱뚱하고 무심한 표정의 아저씨가 되었는데, 내가 고작 이런 남자 기다리고자 이렇게 세월 허송했냐고 생각하니 정말 화가 난다. 그 와이프에게 쪽지라도 보내 그 남자 욕이라도 해주고 싶은 심정이다'라고.

맞다. 참 그 시간이 아깝다. 그리고 이왕 말이 나온 김에 그 남자와 헤어진 후의 미련이의 10년 세월을 우리 비용으로 한번 계산해보도록 하자. 장난삼아 하는 일은 절대 아니다. 그야말로 '그녀에겐 이만한 손해가 있어'를 나름의 기준으로 함께 체크해보자는 의지다.

〈내 친구 박미련의 10년 무(無)연애에 따른 기회비용〉

• 놓친 남자 : 1년에 2명씩만 줄 잡아도 대략 20명.

• 육아 손실 : 결혼 후 2년 만에 애를 가졌다 생각해도 대략 8년의 육아 뒤처짐. 더불어 노산의 위험성과 출산 후의 급격한 체력 저하를 감안하면 수천만 원 그 이상.

- 노화된 미모 : 떠난 남자친구를 생각하느라 주름진 얼굴과 체중 저
하, 외모 재건을 위한 보스, 필러 등의 시술 및 피트
니스가 절실. 이 비용만 대략 추산해도 몇 백만 원.
- 친구와의 불화 : 전 남자친구 이야기를 반복해 전하느라 신임을
잃은 친구만 1년에 1명씩만 잡아도 10명(실은
그보다 더 많을 듯).
- 가족과의 불화 : 밝은 연애관념을 잃은 친구에게 실망한 부모와
의 불화, 상상 그 이상.
- 직장인의 기동력 저하 : 안에서 새는 바가지 밖에서도 샌다고 심
적 즐거움 저하에 따른 직장에서의 집중
력과 추진력 저하. 이를 1년에 PPT 100
장으로 따지더라도 약 1,000장, PPT 1장
당 아이디어 1개를 감안해도 약 1,000개.
- 자존감 결여 : 자신을 아껴야 하는 자존감 지수 자체가 없음.
⇨ 중간 소계 : 무한대의 손실 (계산이 불가할 정도로 손해가 극심함)

이렇게 그녀의 시간은 그야말로 '무한대 경제적 손실'을 남기
며 무섭게 흘러간 거다. 과거의 남자를 유령처럼 안고 살며 자
신의 현재를 충실하게 살아내지 못한 값이 이렇게 무섭다. 누군
가는 이별 후에 다른 남자를 즉시 만나는 것이 '여우 같다'고 하
며, 그것은 '그만큼 전 인연을 좋아하지 않은 것'이라 비난도 하
지만, 한 번 지나간 버스를 다시 잡기 힘들 듯 지나간 과거를 붙

들고 사는 것이 더 허망한 것 아니냐는 것이 내 생각이다. 그리고 이런 '묻지 마 이별'에 대해서는 상대의 냉정한 이별만큼 냉정하게 맘을 돌리는 것이 현명하다고 본다.

상대도 나에 대해 예의가 없었는데 구태여 그 예의 없음에 나혼자 눈물 흘리지 말자는 것이다. 오히려 정말 여우처럼 떠난 그놈보다 더 좋은 사람을 만나기 위해 나를 가꾸고, 준비하는 것이 더 낫다. 그것이 '나'의 가치를 잃지 않고 자존심을 지키는 일이다. 특히 상대의 말이나 행동에 다른 이들보다 100배는 더 상처받고 민감해하는 우리 곰녀들 같은 사람들에게는.

떠나간 남자를 미련없이 버리는
꼼꼼한 남자오답정리 브랜드 만들기

좀 진부한 말이긴 하지만 '준비되어 있는 자에게 미래가 온다'는 건, 비단 일이 아닌 사랑에서도 마찬가지인 것 같다. 우리에겐 떠난 남자에 대한 짙은 미련이 아닌, 그 남자에게서 발견한 단점과 허상을 하나씩 적어나가는 '오답정리'가 필요하다. 마치 당신이 학창시절 시험 후 오답노트를 정리한 것처럼, 만나지 말아야 할 남자의 요소를 빨간 글씨로 체크해가는 거다. 그리고 그런 리뷰와 반성, 다스림 등을 통해 내가 만나야 할, 혹은 소망하는 남자의 이상형을 다시 한 번 점검할 수 있다. 그리고 실제 그런 상대가 나타났을 때 놓치지 않고 더 잘 알아볼 수 있다. 이것은 반복된 시뮬레이션이 가져다주는 새로운 답과도 같은데, 모 브랜드의 광고카피는 이렇게도 말한다. '실패할수록 미래와 가까워지는 것'이라고.

미국의 사상가이자 시인인 랄프 왈도 에머슨은 '자기가 어디로 가고 있는지 알고 있는 사람에게 세상은 길을 열어준다'고 했다. 참 묵직한 울림을 남기는 말이다. 늘 앞으로 향해 나아갈 준비가 되어 있는 사람에게 이별도 벽이 아닌 하나의 과정일 뿐이다. 그리고 그 과정을 훌륭히 지나간 사람만이 진짜 나의 짝을 향해 제대로 된 길을 갈 수 있다. 이별은 이별일 뿐이다. 그것이 미련이처럼 영혼을 좀먹는 긴 어둠이 될 수는 없는 법, 그러니 이별도 우리 쿨하게 받아들이자. 엉뚱한 미련 두지 말고, 그래서 그 미련으로 더 미련퉁이 같은 짓 그만하고, 그 이별에 어서 깔끔한 안녕을 고하자. 그리고 무엇보다 이별 후엔, 다시 내 목표를 향해 열정적 꿈을 꾸자.

미련퉁이

절개를 넘은 주책없음. 떠나간 남자를 속절없이 기다리며
본인 얼굴에 주름만 만드는 화병 부르는 사람의 명사형.

10년 전 그 남자, 잘 살고 있을까?

오~ 드디어 찾았다!
뭐야, 겨우 이런 놈 때문에?
내 피 같은 시간, 제발 돌려줘!

떠난 남자도, 떠난 세월도
다시는 돌아오지 않습니다

"선택하는 여자가 후회하지 않는다"

아줌마라서 하는 이야기는 아니다. 미혼 친구, 후배들이 가장 못하는 '그것'을 지적하고 싶다. 내가 원하는 남자에게 '선택받을' 생각하지 말고 제발 내가 원하는 남자를 '선택하는' 여자가 되라고. 두려워서, 부끄러워서, 한심한 여자로 생각할까봐 등의 말들은 단지 당신을 위한 합리화에 지나지 않는다. 그럴 시간에 제발 그 남자에게 다가갈 전략을 짜라. 열 번 찍어 안 넘어가는 나무 없듯, 열 번 찍어 안 넘어가는 남자 없으니까.

물론 이런 나도 우리 엄마에게 이런 말을 가장 많이 듣고 자란 사람이다. "너 좋아하는 남자 만나. 그래야 인생 편해." 내가 우리 엄마 말은 무지막지하게 안 들었지만 이 철학에서만큼은 엄마에게 꽤 순종했던 거 같다. 왜냐하면 내가 좋아하는 남자 대신 나를 좋아해주는 사람들하고만 연애를 이어갔으니 말이다.

하지만 이런 연애의 단점은 처음에는 참 안온하지만 갈수록 시들해진다는 데 있다. 그리고 무엇보다 그 남자와 관련된 뭔가 중대한 결정을 내리려면 그렇게 망설여질 수가 없다. "우리 사귈래?" 하면 뭔가 무서워진다. 그리고 "우리 좀 장기적 관계를 생각해볼까?" 하면 더더욱 무섭다. 노처녀로 늙어 죽기는 싫고, 뭔가 만나기는 하되 끌려다니는 것 같고. 그리고 정리하면, 이렇게 어영부영, 마치 물에 기름 뜨듯 부유하는 것이 연애를 함에 있어서의 내 기본적 태도이자 감정이기도 했다.

그러던 중, 한 남자를 만나며 그동안의 내 연애철학이 대폭 수정되었다. 광고주 PT건으로 일주일 밤을 새우고 나간 소개팅. 몽롱한 정신에 다크써클까지 내려와 전혀 누군가를 만날 상황은 아니었지만 '독거노인이 될 수 있다'는 주위 분들의 위협으로, 정말 이번이 마지막이라 생각하고 나간 자리였다.

차까지 밀려 약속 장소인 서래마을에 30분이나 늦게 도착했는데 헐레벌떡 뛰어 올라간 2층 레스토랑엔 흰색 와이셔츠에 감색 가디건을 받쳐 입은 제법 깔끔한 남자가 나와 있었다.

"안녕하세요? 차가 많이 막혔나 봐요!" 하고 인사를 건네는데 순간 반짝이는 갈색 눈이 참 멋있다고 생각했던 것 같다. 아니 그 눈에 내가 좀 많이 반했었다. 한 두어 시간쯤 얘기하고 헤어졌는데 뭔가 많이 아쉬웠다고 해야 하나. 그래서 난생 처음 그 남자와 헤어지며 내 인생에 상상도 못할 결심을 했던 것 같다. "반드시 이 남자를 잡아야겠어!"

　오랜 백수생활로 연애도 많이 한 적 없었고, 뭣보다 결혼 적령기에는 나 좋다는 사람과도 1개월 이상 장기연애를 잇기 힘들었는데 어디서 그런 용기가 나왔는지 모르겠다. 그쪽에서도 한번 더 보자는 문자가 오긴 했지만 이후의 연애는 내가 더 적극적이었다.

　"날씨 좋네요. 오늘도 기분 좋은 하루 되세요"의 아침 문자는 기본. 주말에 혹 그 남자에게 연락이 없으면 "오늘은 뭘 하세요?" 하고 내가 먼저 문자나 전화로 그의 동선과 스케줄을 챙겼다. 또 그 남자가 석사학위 때문에 주말마다 도서관에 간다는 걸 알게 되면서부터는 안 하던 요리까지 직접 해서 도시락을 들고 찾아갈 정도였으니, 늘 연애 조언을 구하던 언니와 친구들에게도 이 시기에는 연락을 하지 않았다. 내가 관심있는 남자에게 애정을 주기도 바쁜데 조언이 정말 웬말인가. 그리고 차라리 그 시간에 내 마음이나 한 글자 더 전하자는 심정으로 고등학교 이후 절필한 편지쓰기란 것도 시도했다. 한자 한자 정성스럽게. 삼색 제트 스트림펜으로 내 마음을 꾹꾹 눌러 담으며.

　하지만 이 남자는 나와 다르게 좀 소극적이었다. 만난 지 한 3개월쯤 되었나. 손 한두 번 잡아 본 것 외엔 정말 별 일이 없었고, 크리스마스를 앞두고는 만나자는 말도 없었다. "우리 공연이나 같이 보러 갈까요?"란 내 대시에 "아뇨. 전 그때 외할머니

뵈러 갈 건데요"라고 답하는 이분. 게다가 덧붙이는 말이 청천
벽력이다.

"이제 우리 그만 만났음 좋겠어요. 저 주재원으로 일본 갈 수
도 있거든요."

평소 같았으면 누군가에게 잘해줬던 마음에 보상심리가 들
어서라도 '흥, 웃기네!' 했을 수 있을 일이지만 뭔가 이때는 달랐
다. 더 이상 감정을 줄 것도 없이 완전히 태워버린 느낌이었달
까. 그래서 미련 없이 보내줬던 거 같다.

"네, 그동안 좋은 추억 만들어줘서 고마웠어요. 어디서든 행
복하게 사세요!"라고 덕담까지 나누며. 그리고 그 남자 연락을
완벽히 다 차단했다. 이렇게까지 했는데 안 된다는 건, 정말 그
남자와 아닌 거다라는 생각이 들어서. 그만큼 나를 완전히 던졌
던 시간이었다. 그리고 정말 이상하게도 마음이 참 시원하기까
지 했다.

그런데 재미있는 사실은 모든 걸 내려놓는 순간, 또 다른 스토
리가 시작된다는 거다. 내가 좋아했고 날 차버린 그 남자는 정확
히 2개월 후에 나에게 연락을 하고 다시 만나고 싶다고 이야기를
꺼냈다. 그것도 차단했던 카톡을 잠시 해제했던 순간이어서, '이
게 인연인가?' 싶은 생각에 나도 별 거부감 없이 나갔다.

그런데 길지 않은 공백기 이후 나타난 이 남자는 마음이 조금
변한 듯했다. 뭔가 나에게 집중하는 것 같았고, 뭔가 더 내 이야

기에 적극적이었으니까. 그리고 그 예감이 맞았는지 우린 다시 연애를 하게 되었고, 약 3개월 이후엔 프로포즈를 받았다. 당신이랑 결혼했음 좋겠다고.

이쯤이면 다들 알 것이다. 맞다. 나를 그토록 대차게 차고 도망가셨다가 다시 돌아온 이분. 바로 지금의 내 남편 되시겠다. 그리고 이렇게 장황하게 내 이야기를 한 요지는 '난 내가 좋아하는 사람이랑 결혼했지롱'을 과시하기 위함은 아니다. 오히려 결혼 후 나와 남편은 짧았던 연애 기간 탓에 누구보다 심각할 정도로 충돌하고 치열하게 다투었으니 말이다.

하지만 그때마다 그런 고비를 잘 다독이고 화해할 수 있었던 건 '내가 이 남자를 선택했다'는 책임감 때문이었다는 걸 말하고 싶은 거다. 다른 누구도 아니고 내가 선택한 이 남자, 그래서 누구보다 마음이 갔던 이 남자, 그 남자와 결혼까지 했을 때는 어떻게든 잘 살고자 하는 마음이 강했다는 것을 얘기하고자 함이다.

만약 나를 좋아해주는 이와 결혼했으면 부부의 위기가 있을 때마다 좀 비뚤어진 생각을 했을 수도 있다. '내가 너와 결혼해줬는데, 어떻게 나에게 이렇게 할 수 있냐'는 의식으로 심각한 우울증에 빠졌을 지 모를 일이다. 더 심한 경우라면 '너 죽고 나 살자'의 억울함이 표출된 극단적 싸움 혹은 결정이 생겼을 수도 있다.

하지만 내가 좋아하는 남자와 결혼하니 그런 미움이 외적으로 표출되기보단 내적으로 다스려지는 것이 더 컸다. 욱 하는 마음이 들고 직접적 싸움이 될 일을 '한 번 더 참자' 하며 감정을 추스르다 보니 좀더 객관적으로 다툼의 사안을 보게 되었고 그런 사례를 쌓아갈수록 나 자신의 수련은 물론 남편에 대한 이해의 깊이도 생기게 되었다.

물론 개중엔 정말이지 꼴보기 싫은 행동들도 있었지만 그런 행동들까지 눈 감을 수 있었던 건, '내 선택에 대한 책임감을 스스로 지기 위해서'였다. 지구에 살고 있는 수많은 남자 중 이 남자와 인연을 맺은 건 우리 엄마도, 내 친구의 강요에 의해서도 아닌 바로 내 결정에 따른 것이었으니.

선택이란 게 이렇게 중요한 거다. 그래서 선택의 동의어를 찾으라면 난 애정이라 말하고 싶다. 마음 속에 있는 사랑이 들끓어서 나도 모르게 정이 가는 것. 그 마음에 대해 처음부터 끝까지 주체적으로 함께 가는 것 말이다. 그래서 이 선택의 장점은 다양하다.

첫째, 긍정적 의지로 인해 내 선택의 대상에 관대해질 수 있다는 것. 둘째, 그 관대함으로 선택에 대한 다소의 실망이 있더라도 참고 이겨낼 수 있다는 것. 셋째, 선택의 궤도가 초반의 예상과 많이 빗나가더라도 나 자신을 오히려 그 수정된 궤도에 맞춰가려는 사랑의 힘이 작용한다는 것이다.

그러니 선택을 시작한 그 순간부터 결론은 해피엔딩을 향해 달려갈 수밖에 없다. 선택한 대상을 나에게 맞추든, 내가 선택의 대상에게 맞추든 함께 잘해보고 싶다는 공동체 정신이 작용하기 때문이다.

내 인연을 자발적으로 선택하는
소신있는 연애 브랜드 만들기

선택은 온 우주가 나를 도와주는 힘이다. 순수한 감정이 응집된 나의 주문이 부처, 예수, 공자 등 모든 우주의 신을 감동시키게 하는 그런 힘 말이다. 그래서 나는 남편이 다시 돌아오게 된 것도 그 힘에 기반하지 않았을까 하는 논리도 펼쳐본다. 도망가려 해도 인력처럼 끌어당기는 그 힘을 도저히 무시할 수 없었다는 논리? 계산을 벗어나고 상식을 벗어난 어떤 무모한 용기에 끌렸다는 논리? 사실 이러한 힘은 일찍이 우리가 경험한 바 많다.

가방만 메고 학교를 다니다 어느 날 눈에 불을 켜고 공부하게 되는 것도 나의 힘. 온통 지방덩어리인 내 몸을 발견하고 헬스장에서 뻘뻘 땀을 흘리게 되는 것도 나의 힘. 통장을 스치듯 지나가는 월급에 충격을 받고 알뜰한 사람으로 변신하는 것도 나의 힘. 그 힘의 다른 말은 '선택'이며 그러한 자발적 선택은 늘 긍정적 결과들을 낳곤 했다. "세상에 나에게도 이런 일이"의 깨달음을 남기며 말이다.

맞다. 하면 된다. 주체적 의지를 발산해 최고의 선택을 하고 그 선택을 끝까지 믿고 달려보면 언젠가는 된다. 연애의 을이었던 나도 갑을 소환해 결혼을 하고, 심지어 결혼 이후엔 그 갑을 관계조차 의지로 역전시키고 있다.

최근엔 내 친구들도 이 선택에 동참했는데 무려 5년간 지지부진 끌려다니던 연애를 과감히 끝내고 자신이 좋아하던 남자에게 대시한 A양. 남자의 손도 잡은 적 없는 모태솔로이자 국내에선 남자 만날 일 없을 거라는 무속인의 저주를 받은 B양도 외국여행 중 독일계 변호사와 만나 작년에 솔로 탈출했다. 그리고 우산 속으로 뛰어드는 운명 같은 남자를 만날 거라며 소개팅 대신 방콕만 일삼던 C양은 이제 더 많은 모임에 적극적으로 참석하고 있다. (남자도 개척이다. 모집단을 늘려라)

이런 내 피라미드 같은 조직에 당신도 동참했음 좋겠다. 진심으로 눈 딱 감고 함께했음 한다. 체면, 상식, 예의 등 쌍팔년도식 허울을 벗고 어서 선택의 장場으로 뛰어들자. 순수한 자유는 순수한 선택을 낳고 순수한 선택은 후회가 적다.

아니, 언제나 옳다.

"분명히,
그 남자에게 사정이 있었을 거야."

라디오를 듣다 보면, 남의 일이지만 '음, 어쩌지?' 하는 순간이 올 때가 있다. 언제였는지 정확히 기억나지 않지만 출근길에 'KBS FM 대행진'을 듣다가 그런 사연 하나를 듣게 되었다. 미리 접수된 사연편지로 연결된 친구였는데 한 20대 중반 정도 되었던 거 같다. 굉장히 아기 같은 목소리의 그 친구는 "요즘 남자친구와 냉각기에요" 하며 다소 우울해했다.

들어보니 사연이 이렇다. 그 남자와 한 3개월 정도 만났는데 갑자기 병원에 입원했다고 하며 당분간 연락하지 말자는 문자가 왔다는 것. 이쯤이면 제 아무리 베테랑 디제이도 당황할 만하다. "네? 문자로요? 그 남자 진짜 입원한 거 맞아요? 만나봤어요?" 하니 또 순진한 대답이 이어진다. "아니오. 이후론 연락이 안 되요. 근데 아프다잖아요. 그러니 연락이 안 되는 건 당연한 거 아네요?"

'어머, 이 분 웬일이야!' 그 사연을 듣다가 나도 모르게 눈살이 찌푸려져서 그만 라디오를 꺼버리고 말았다. 하지만 20대 중반의 '이름도 모르는 처자'에게서 느꼈던 이 향기, 솔직히 낯설지는 않았다. 그 향기는 한때의 나도 그랬고 아직도 내 주변의 곰녀들이 반복하고 있는 '연애의 을'로서의 이성적 눈멀음의 향기였기 때문이다. 콕 집어 이야기하면 나와 만나고 있는 남자에 대해 '어떻게든 이해하기의 신공'을 발휘하는 바보 같은 모습이랄까. 물론 내가 만나는 남자들에 대해 속 깊은 믿음을 가지는 기본 태도 자체는 크게 문제될 일은 아니겠지만, 이 상황이 기분 나쁜 건 딱 하나 때문이었다. 그 대상이 다름 아닌 상대를 참 속 터지게 하는 얄미운 속성을 지닌 '잠수남'이라는 것 때문.

잠수남. 그들을 잠시 잊고 있었다. 나도 한때 많이 데였던 이들은 치명적 매력을 지니고 있는 만큼 치명적 단점을 가지고 있는 이들이기도 한데, 그 정도에 따라 대략 두 유형으로 분류된다. 하나는 약속을 할 때마다 잘 어기고 갑자기 연락을 두절했다가 어느 순간 다시 태연히 나타나는 '세미 잠수형'. 그리고 다른 하나는 오늘까지는 정말 간도 쓸개도 다 빼줄 것처럼 사람을 홀리다가 어느 순간 연락을 딱 끊고 다시는 나타나지 않는 '완전 잠수형'이다. 이분들의 특징은 본인들 입으로 절대 '헤어지자'는 이야기를 공표하지 않는다는 점인데 그래서 상대를 무한정 기다리게 한다는 점이 가장 큰 단점이기도 하다. '혹시 오지 않을까?', '도대체 무슨 일이 있지?'의 궁금증과 걱정을 반복하게 하면서.

그 유형이 어느 쪽에 속하든 곰녀들에게 이런 남자들은 한마디로 쥐약이다. 나는 정말이지 결혼을 너무도 하고 싶었던 서른 살, 서른한 살에 걸쳐 이런 '세미 잠수형' 남자를 몇 번 만나봤다. 누가 봐도 매력적이고 나에게도 너무 잘해주는 이들에게 단시간에 빠진 기억도 있는데 몇 번 이런 사람들을 경험하다 보니 그들이 사용하는 일종의 패턴이 있다는 것을 깨닫게 되었다.

가령 처음 한 세 번은 별 무리 없이 잘 만난다. 그리고 네 번째 되었을 때 이들은 급하게 사귀자고 하거나, 네가 너무 좋다는 식의 과한 호감을 표시한다. 그러다가 내가 그들과 사귀겠다고 하거나 다음에 그 대답을 주겠다는 식의 의사를 밝히면 갑자기 그 순간을 계기로 뭔가 연락이 뜸하다. '어? 이 남자가 사귀자고 했다가 갑자기 왜 이러지?' 하는 궁금증으로 문자 혹은 전화를 해보면 역시 연락이 없다.

그러다가 한 3주 지나 포기라도 하려고 하면 갑자기 아무 일 없다는 듯이 태연하게 연락을 취해오는 것이다. "안녕! 그동안 내가 좀 일이 있었어. 뭐하고 있어?' 하는 말과 함께, 심지어 아주 해사한 눈웃음 이모티콘까지 수식으로 곁들이며.

특히 긴 공백기에도 불구하고 '어떻게 지냈냐'가 아니라 '뭐하냐'고 묻는 이들의 스킬은 상대가 아닌 나 스스로에게 질문을 하게 만드는 신비스러운 힘이 있다. '내가 뭘 착각했었나? 이 사람 지금 정말 별 일이 없는 거 같은데?' 하고 잠시 자신을 반성하기도 하지만, 이 남자. 별일 있었던 거 맞다. 하나의 전문용어로 표현하자면 지금 어장관리 하시는 거다. '고기 잡기 ⇨ 잠시 가두어 두기 ⇨ 다른 고기 잡으러 외출하기 ⇨ 돌아오기'의 패턴을 남기며.

결혼적령기 때 30대 남자들 중에서 의외로 여우가 많다고 느낀 건, 이런 실경험의 축적에서 비롯된 게 아닌가 싶다. 이럴 때 괜히 마음을 가라앉히며 그분과의 만남을 반복하는 건 스스로 그 '고기'로 양식당함을 자처하는 것과 같다.

이럴 땐 나와 비슷한 성격의 곰녀 친구들보다 나를 그다지 애정하지 않는 남자사람 친구에게 전화 한 통화라도 걸어 이런 피드백을 받는 것이 훨씬 현명한데, 그의 답을 들으면 아마 정신 번쩍 날 것이다.

"야, 그 새끼 너 좋아하지 않아. 양다리야, 양다리!"

'세미 잠수형'도 이럴진대 '완전 잠수형'은 딱히 덧붙일 이야기가 더 없다. 왜냐하면 그분들은 아예 돌아오시지 않기 때문이다. 딱히 고매한 뜻이나 사정이 있어 아니 오시는 것은 아니고, 그분에겐 꽤 큰 축복으로 당신보다 마음에 드는 여자를 만나 돌아오시지 않는 거다. 그래서 더 정확하게는 돌아올 생각 자체를 안 하며 돌아올 이유도 없다. 이미 다른 여자분과 연애 혹은 사랑이란 것을 시작해 '당신'이란 사람은 잊혀진 지 오래이기 때문이다.

물론 여기서 말하고자 하는 것은 '30대 남자들 중엔 여우가 많아요'가 핵심은 아니다. 그보다는 그런 잠수형 남자들에게 차였다가 다시 만났다가를 반복하며 '그 남자에게 사정이 있었을 거야'를 외치는 곰녀들은 제발 없기를 바란다는 말을 더 강조하고 싶다. 괜히 그런 마음 써봤자 당신만 머리 아픈 것이기 때문에. 당신 혼자 속 썩고 있을 것이기 때문에. 따라서 지금 이 순간에도 '그 남자에게 무슨 일이 있을까?'를 혼자 공상하며 합리화시킬 필요없다는 말을 하고 싶은 거다.

덧붙여 "그래도 그럴 수 있잖아요. 사람 맘이 왔다 갔다 할 수 있잖아요"라고 말하는 곰녀들이 있다면 더 정신을 번쩍 나게 할 방법도 제시할 수 있다. "당신은 이런 유형의 여자친구를 가까이 할 수 있느냐"는 질문이 그것이다.

내 여자친구가 이렇다고 생각해봐라. 번번히 약속을 어긴다거나, 그러다가 갑자기 아무 일 없다는 듯 태연히 나타난다거나, 누군가와 연애할 때는 연락을 뚝 끊고 지내다가 어느 날 결혼을 한다며, 혹은 돌잔치를 한다며 초대장을 은근히 들이미는 그런 친구들을 '진심으로 가까이 두고 싶냐'는 질문이라고 생각해도 좋다. 그리고 그 답을 대신 말해준다면, 그런 여자친구들은 친구도 아니다라는 것을 오히려 강력히 설득한다.

친구가 무엇인가? 가족은 아니지만 나와 가까운 사이로 흉중을 털어놓을 수 있는 존재. 그 친구란 관계에 '최소의 신의'가 전제되지 않는다면 그건 이미 친구의 사이가 성립될 수 없는 것인데 무엇하러 그렇지도 아니한 이들을 가까이 두냐는 거다. 때마다 상처를 주거나, 때마다 용돈을 타가는 귀찮은 존재들일 뿐인데 말이다.

그러니 평생 나와 함께 살 나의 '배우자'에게 이런 '신의'가 없다면 어떻게 되겠는지 생각하자. 행여 그런 남자와 결혼이라도 했다 치자. 그 남자가 결혼 이후에 크게 달라질 것 같은가? 아니다. 그런 사람은 쉽게 AS 되지 않는다. 그러니 살면서도 그는 당신과 크고 작은 약속들을 계속 어길 것이며, 그런 약속을 어긴다는 사실에 대해서도 당신만큼 민감해하지 않을 것이다. 그러니 나는 속 터지지만, 상대는 속 터지지 않는 이 '감정의 다름'을 어떻게 해결할 수 있겠냐는 거다.

이것은 아이를 낳는 일, 함께 기르고 교육하는 일, 나아가 상대의 부모를 배려하고 가정의 급박한 사정이나 위기가 있을 때마다 이런 남자와 어떻게 상의해 갈 수 있겠느냐는 질문이기도 하다. 그럼에도 불구하고 "내가 이해하면 되지. 괜찮아……."라는 줏대 없는 말을 반복할 어떤 곰녀분이 있다면, 음……. 장황한 설득 따위는 관두고 아까 말한 그 남자 사람 친구에 빙의해

거친 말을 다시 해야 하지 않을까 싶다.

"안 된다고. 절대 안 돼. 이런 새끼들은!"

못된 남자 구별해 낼 줄 아는
판단력·결단력 충만 브랜드 만들기

**가끔 누군가를 선택하는 기준이 내 마음에 서지 않는다면, 이런 간단한
질문을 하길 추천한다.** '내가 그 사람이면, 그런 행동을 할 수 있는가?' 하는
것이다. 내가 하기 싫은 건 상대에게도 강요하지 말라는 말이 있다. 남자와
여자란 브랜드는 존중의 관계에 기반해 만나야 하는 관계이기에 이런 질문
들에 선뜻 답이 서지 않는다면, 당신은 그 남자와 장기적 관계를 이어나가
기 어렵다는 것을 감히 단언한다.

왜냐하면 나의 입장에서 생각할 때 이해할 수 없는 일을 언제까지 참아
낼 수는 없기 때문이다. 지금은 그 남자가 좋기 때문에, 또 놓치기 싫기 때
문에 '그럴 수 있다'는 너그러운 마음을 몇 번 가져줄 수 있겠지만, 그런 일
을 언제까지든 참아내야 한다면 그것은 더 이상 정상적인 연인 혹은 부부의
관계가 될 수는 없다. 당신이 그를 무한히 인내할 수 있는 '엄마'의 존재로
태어나지 않고서는.

맞다. 당신은 그의 엄마가 아니다. 당신은 그의 연인이 되고 싶은 것이며
나아가 그의 배우자가 되고 싶은 꿈을 꾸고 있기에 '참아내야 할 것과 참지
말아야 할 것', 그리고 '이해해야 할 것과 이해하지 않아야 할 것'에 대한 분
명한 경계의 선이 있어야 한다. 그러니 바보같이 그 당사자도 행하고 있지
않은 현실의 시나리오를 미리 준비해두지 말자. 지금 나와의 약속을 밥에
물 말아먹듯 어기고 있는 그 남자는 분명 '못된' 남자이며 그런 '못된' 남자를

가까이 할수록 내 속만 썩어들어갈 뿐이다. 그 나쁜 고리를 분명히 끊자. 지금 당신에게 필요한 건 그 '잠수남'들을 포장해주는 어떤 논리가 아니라 그 잠수남들로부터 스스로 잠수를 탈 수 있는 결단력이다.

"이상형? 그냥 보통 남자?"

우리의 말은 지극히 주관적이며 사회적이다. 여기서 주관적이라 함은 하나의 단어에 담아 표현하는 뜻이 각자 다르다는 것이며 (가령 귀엽다는 표현이 누군가에겐 앙증맞다, 누군가에겐 예쁘진 않지만 그냥 봐 줄만 하다인 것처럼), 사회적이라 함은 그 말이 내가 말하는 사회 속에서 발현되는 것이기에 어느 정도 공식적인 것임을 개인이 의식하게 된다는 것이다.

다소 어려운 이야기로 시작한 것 같지만 여기서 말하고자 하는 것은 의외로 간단하다. 바로 지극히 주관적이고, 지극히 사회적인 곰녀들의 언어표현을 지적하고자 하는 것이다. 이것은 줏대가 없는 곰녀들의 언어생활에서 많이 나타나는 단점이기도 하다. 다시 말하면, 주관성은 상대가 알아서 해석해주길 바라는 모호한 표현으로 등장하며, 사회성은 사회의 시선을 의식해 본인이 말하고자 하는 바를 지극히 축소해 말하는 오묘한 표현으로 뒤틀려 나타난다. 결론적으로 자신의 기준은 명확하지 않은데, 사회적 시선은 지극히 의식하는 곰녀들일수록 말의 주관성과 사회성이 이상하게 결합해 '도대체 무슨 말을 하고자 하는 것인가'의 진심과는 거리가 먼 표현을 하게 된다는 거다.

그리고 그 대표격으로 이야기하고 싶은 것은, **그토록 우리 주변의 곰녀들이 자신의 이상형으로 꼽는 남자인 '보통 남자'란 단어다.**

'하모호' 양은 대학교 1년 후배다. 모호는 그 어렵다는 회계사 시험을 한 번에 붙은 유명 회사 소속 회계사로 그녀 스스로도 일찍 자리잡은 본인에 대한 자부심이 남달랐다. 특히 스물네 살부터 선 시장에 진출한 그녀는 도대체 어떤 남자를 만나려 하기에 그렇게 서두르냐는 질문에 특유의 침착한 미소를 지으며 이렇게 말하곤 했다. "저요? 그냥 보통 남자요!"

하지만 그녀가 퇴짜 놓는 남자들을 보면 사실 보통 남자들은 넘는 터였다. 직업적으로만 따져도 우선 그러했고, 까다로운 그녀의 성격을 곧잘 맞춰주는 것 보면 딱히 성격이 모났다 판단하기도 어려웠다. 하지만 모호는 직장상사가 부하를 평가하듯 어떻게든 상대 남자들에게서 부족한 점을 찾아내 그 부분을 확대, 비평하기 일쑤였다.

'키가 작다', '집을 해올 능력이 부족하다', '유머감각이 없다', '밥집을 고르는 센스가 없다' 등 그 단점을 열거하는 것도 참 집요하고 디테일했으니까. 그러면 정작 지치는 건 이런 이야기를 들어주는 상대방이다. 웬만하면 좀 진득하게 만나라는 말에 그녀는 성질을 내며 발끈하곤 했다.

"내가 별 남자 찾아? 그냥 보통 남자 찾는다고!"

하지만 세월에 장사 없다고, 화려한 20대를 지나 어느덧 30대 중반에 접어든 그녀의 남자관계는 상당히 달라져 갔다. 일단 그녀가 만나던 (화려한 스펙과 어느 정도의 인성을 갖추었으되 밥집을 고르는 센스는 없던) 보통 남자들은 선 자리에서 사라진 지 오래였고, 그보다 조금 조건이 떨어지는 괜찮은 남자들은 그녀의 나이 혹은 성격을 부담스러워하며 도망가기 일쑤였다.

상황이 이러하니 그녀가 맞닥뜨리는 현실도 최악이 되어갔다. 대놓고 재산을 묻는 남자, 직업이 분명하지 않은 남자, 가정형편이 너무 어려운 남자, 누가 봐도 건강을 염려할 정도의 남자 최약체 등장 등 그야말로 괜찮은 이들은 다 가고 객관적 결격사유를 갖춘 남자들만 소개팅 자리에 등장했으니 말이다. 그래서였을까. 특유의 침착함을 잃지 않는 모호지만 언젠가 가진 술자리에서 포효하듯 그녀의 속마음을 토해낸 적이 있다. "그때 그 남자를 잡았어야 했는데……. 아, 보통 남자 만나기 왜 이렇게 힘들어?"

하지만 이건 그야말로 부질없는 넋두리일 뿐이다. 타임머신이 개발되지 않는 이상 모호가 과거로 돌아갈 리 만무하며 과거로 돌아간들 결정적 깨달음 없이 분명 같은 과거를 반복할 것이다. 하지만 이 책의 의도가 '가던 길 계속 가라'의 곰녀들의 화병에 부채질하는 것이 아닌, 긍정적 변화를 권유하는 것인 만큼 모호 같은 후배의 사례를 일반화하기 위해 그녀가 반복 사용하고 있는 '보통 남자'란 단어에 대해 연구해보도록 하겠다. 여기서 잠시 곰녀 언어 해석기가 필요하다.

1. 20대 곰녀 : "그냥 보통 남자 찾고 있어."

⇨ "뭐 하나 빠지지 않는 완벽한 남자가 좋아."

2. 30대 곰녀 : "왜 이리 보통 남자 찾기가 어렵니?"

⇨ "제발 과락 좀 없는 남자 좀 나와라."

정리하면 20대 곰녀의 보통 남자는 완벽한 남자, 30대 곰녀의 보통 남자는 모든 조건이 평균 이상이면서도 결정적 단점이 평균을 깎아먹지 않는 남자를 뜻한다. 나름 양심을 발휘한다고 그 조건의 문턱은 대폭 낮아졌지만, 아직도 여전히 문제가 존재한다. 바로 본인의 상황에 따라 주관적 뜻으로 사용되는 이 '보통 남자'란 단어는 그 기준이 여전히 모호처럼 모호하다는 것.

쉽게 말해 모호 같은 곰녀들에겐 자신이 원하는 브랜드의 기준이 명확하지 않다. 20대 곰녀들이 말하는 모든 것이 완벽한 보통 남자는 조건의 디테일이 너무 종합선물세트 같아 본인이 선호하는 취향이 드러나 있지 않으며, 30대 곰녀들이 말하는 과락은 피하고 싶은 남자는 이것만은 손가락질 당하고 싶지 않다는 사회적 체면에 기준한 굉장히 소극적 발상을 표현하고 있으니까.

그러니 보통 남자란 단어에 숨은 이같은 주관성과 사회성을 잘 알지 못하는 주변 사람들은 '보통 남자' 찾는다는 곰녀들의 말을 잘못 알아듣고 엉뚱한 질문을 반복하는 거다.

"그러니까, 성격은 좋은데 직업은 좀 빠져도 좋다는 거지?"

"아, 키도 작고 잘생기진 않았는데 집안을 먼저 보는 거야?"

이렇게 어떻게든 취향을 파악하고자 하는 유도심문을 거듭한다. 하지만 그런 질문이 말짱 도루묵이라는 건 애먼 남자를 소개해주고 오히려 욕을 먹으면서 깨닫게 된다.

"야, 너 내가 보통 남자 찾는다는데 왜 이런 남자 소개해줬어?" "어? 난 네 취향이 이런 보통 남자인 줄 알았는데." "야, 아니라니까. 넌 사람을 뭘로 보는 거냐!" "……."

이렇듯 흔들리는 브랜드 기준에 돈독했던 친구관계마저 갈대처럼 흔들려버린다.

이처럼 취향, 나아가 '조건의 우선순위가 명확하지 않다'는 건 정말 큰 문제가 아닐 수 없다. 이것은 무한대의 시간을 줘도 해결되지 않는 결정장애의 문제이기 때문이다. 성격을 보겠다고 하면 나머지 조건들은 조금 눈 감으면 되고, 재산을 보겠다고 하면 다른 조건들은 좀 떨어져도 괜찮은 것 아닌가.

하지만 이런 우선순위가 없으니 내 상황이 어느 정도 자신 있는 20대 때는 무작정 모든 조건을 다 갖겠다 떼를 쓰다가 그것이 충족되지 못하는 걸 깨닫는 순간 이것만은 피하자는 식으로 마음이 급격히 약해진다. 내 주관이 뚜렷하지 않으니 상황의 변화에 따라 심경 변화도 그만큼 변화무쌍한 것.

나아가 자신의 기준이 모호한 곰녀들은 본인보다 일찍 짝을 찾아 떠나는 주변 사람들을 보며 부러움, 시샘, 그리고 자괴감까지 느낀다. 가령 부잣집 남자와 결혼하는 친구를 보며 저렇게 돈 많은 집에 시집가니 평생 고생할 리 없겠다라든가, 잘생긴 남자와 만나는 주변사람들을 보며 내 남자도 저렇게 생겼으면 좋겠다고 소망한다.

하지만 정작 곰녀들이 보지 못한 건 친구 혹은 선배가 감수한 그 남자들의 골단점이다. 세상에 완벽한 남자가 어디 있겠는가. 돈이 많으면 성격이 모났거나 잘생겼으되 배우자나 여자친구에 대한 배려심이 부족한 경우 등, 장점 이면에 있는 단점은 늘 존재하기 마련이다.

하지만 이런 골을 생각하지도 또 감수하지도 못하는 사고구조를 지닌 곰녀들은 그놈의 '보통 남자' 타령만 하며 세월만 보낸다. 그리고 내가 원하는 남자와 찐한 연애 한번 해보지 못하고 수박 겉 핥기식 연애를 하는 동안 20대에서 30대로 순식간에 접어들며 '나이만 먹은 채 내공 없이 늙어가는 것'이다. 개중엔 남자들에게 선택받지 못할 것을 불안해하며 이너 피스Inner Peace 를 잃는 곰녀들도 있다. "이러다 내가 결혼할 수 있을까?"의 하나마나한 헛된 질문을 넌지며.

구체적으로 내가 원하는 남자를 찾기 위한
이성적인 나의 안목 높이는 브랜드 만들기

내가 원하는 브랜드의 기준을 정하자. 그것도 아주 구체적으로, 아주 디테일하게. 이 눈치 저 눈치 보지 말고 '보통 남자'가 아닌 '내가 원하는 바로 그 남자'를 찾아보자는 거다. 이렇게 내 조건이 뚜렷해진다는 건 그만큼 내 욕망과 개성이 분명해진다는 뜻이기도 하다. 이런 과정에서 소위 이성과의 밀당이란 것도 가능하다. 내가 원하는 것은 취하고, 싫은 것은 거절하는 태도가 무조건 OK를 외치는 순진함과 비교할 때 보다 엣지 있는 여자로 거듭나게 해줄 것이란 논리.

결국 20대에서 30대로 접어들며 곰녀들의 경쟁력이 감퇴된 이유는 '나이 듦' 때문이 아니다. '나의 기준'만 있다면 우리의 경쟁력은 세월 때문에 반감되었다 탓하지 않게 될 것이며 눈치 때문에 진짜 의사에 배반하는 엉뚱한 선택도 없을 것이다. 모든 것은 다 내 자유의지에서 발로된 것! 내가 선택한 내 세상의 시나리오도 기꺼이 품고 수정해 나갈 용기가 우리에겐 있으니까.

어제 모호에게서 문자가 왔다. 40세 아는 노처녀 언니가 외국 여행 중에 멋진 독일인 은행가를 만났다고 한다. 거기에는 약간의 부러움, 약간의 시샘, 약간의 짜증이 복잡다단하게 섞여 있었다. 가뜩이나 머리 복잡한 그녀에게 훈수를 둘 필요는 없다. 대신 나는 모호에게 문자로 하나의 질문을 띄워보낸다.

"보통 남자가 아닌, 네가 진짜 원하는 남자의 조건은 무엇이냐?"고.

보통 남자

많은 곰녀들이 그토록 애타게 찾지만 세상엔 없는 남자.
주관적 취향과 사회적 겸양이 빚은 이도저도 아닌 상상 속의 동물

야! 날 뭘로 보는 거냐?
응? 보통 남자 찾는다며
아니, 키 크고 잘생기고 돈 많은
그런 소소한 보통 남자 없냐고!

종합선물세트 같은 남자는 없다
당신만의 명확한 기준으로 제발, 현실의 그분을 만나길

"저, 이 남자와 결혼해도 될까요?"

책방에서 서적을 들춰보다 눈에 띄는 목차를 발견했다. '나 자신에게 사기 치지 않기'. TV에도 종종 얼굴을 비추는 한 유명한 정신과 여의사가 쓴 심리학 책에 있는 이 목차는 한눈에 내 눈을 사로잡을 만큼 제목 자체로 많은 질문과 깨달음을 주고 있었다.

제대로 산다는 게 사실 어려운 일은 아니다. 주변 사람들에게 어떻게 보일지, 주변 사람들이 날 어떻게 생각할지의 시선과 평가에서 벗어나 나 스스로 솔직하고 당당하게 내 안의 목소리에 귀 기울여 보는 거. 그렇게 '나 자신'에게만 사기 치지 않고 살아도 그 누구보다 후회 없는 삶을 살 수 있다. 내 논리냐고? 아니. 사실 스무 해만 살아도 누구나 깨달을 수 있는 삶의 진리다. 단지 어떤 계기를 빌어 그것을 깨닫게 되느냐의 차이일 뿐.

그런 의미에서 결혼을 앞둔 미혼 여성들이 묻는 질문 중 가장 헛되다 생각하는 것이 "이 남자와 결혼해도 될까요?"란 질문이다. 과연 누가 그런 뜬구름 잡는 질문을 하느냐 물을 수 있다. 하지만 의외로 많은 여성들이 결혼을 앞두고 친구, 가족, 심지어 잘 모르는 후배에게까지 이런 질문을 한다.

인생의 중차대한 결정인 만큼 한 번쯤 상대의 입을 빌어 '이 남자가 괜찮은 남자인지'를 검증해보는 것이라 생각할 수도 있겠지만 이런 질문을 하는 이들은 의외로 심각하다. 진실로 자신이 이 남자와 결혼을 해야 하는지 말아야 하는지에 대한 심각한 갈등에 봉착해 있기 때문에.

내게는 두 살 터울의 언니가 있다. 교대를 졸업하고 24살에 초등교사로 직장에 안착한 언니는 일찍 자리잡은 만큼 배우자에 대한 탐색의 시간도 길었다. 소개팅도 꽤 여러 차례 했으며 만나는 상대가 특별히 하자 있는 사람들도 아니었다. 그러다 보니 무던한 언니와 무던한 상대가 1년 이상 만나다 보면 자연스럽게 상대쪽에서 결혼 이야기가 암시되곤 했다. 그럴 때마다 언니는 나에게 이런 질문을 하곤 했다.

"내가 이 사람이랑 결혼해도 될까?"

처음엔 언니의 질문에 제법 진지하게 고민하고 답해주곤 했다. "음……, 그분에 대해 뭐라 말해줄 순 없지만, 그냥 내가 그

·

사람과 결혼한다면 이건 장점이고 이건 단점인 거 같아"라고 요목조목 분석도 해 주었던 거 같다. 그 시기의 나는 할 일 없는 백수라 시간이 많이 남기도 했거니와, 하나뿐인 언니가 누군가에게 시집을 간다는데 그것이 언니에게 최상의 선택이 되길 바랬으니까.

그런데 문제는 이런 질문이 '반복'된다는 데 있었다. 사주쟁이의 말처럼 언니의 사주에는 그 이 년간 '관운'이 든 것인지 (이런 운이 들면 학생은 취업에 성공하고 여자는 결혼에 성공하는 운이라 했다) 언니가 만나는 남자마다 만남의 기간에 비해 결혼 이야기를 빨리 꺼내는 사람들이 더러 있었다. 또 부모님이나 나나 그 남자들이 객관적으로 좋은 조건을 지니고 있었기에 '이번엔 결혼 좀 해라'라고 간절히 기도했지만, 언니는 그때마다 그분들과 결혼이야기를 추진하는 대신 내게 똑같은 질문을 던지곤 했다. "내가 이 사람이랑 결혼해도 될까?"

상황이 이렇다 보니 처음엔 신중함이라 생각했던 그 질문에 대해 거부감이 들기 시작했다. 막말로 내가 그 사람과 연애를 한 것도 아니요, 앞으로 그 사람과 결혼을 할 당사자도 아닐진대 왜 본인 결혼을 한 걸음 멀찍이 떨어져 있는 나에게 묻는 것인가 하는 심정 말이다. 얼마나 연애를 안 해 봤으면(실제로 언니는 교대를 다니는 4년 동안, 학생회다 공부다 여행이다 해서 연애에는 참으로 무관심했다) 결혼이란 결정에 있어 이토록 확신을 갖지 못하는가 하는 생각까지 들어 가끔은 한숨이 나오기도 했다.

그런데 이렇게 공감 가기 힘들었던 언니의 맘을 깨닫게 되는 순간이 있었다. 당시 라디오PD가 된다고 백수생활만 몇 년째 이어가던 내가 '도저히 이 지긋지긋한 생활을 더는 못하겠다'고 생각해 여러 회사에 원서를 넣으면서부터였던 거 같다.

그래도 먹고 살겠다고 20대 중반까지도 도통 관심이 없었던 대기업에도 원서를 내보고, 언론고시생들이 많이 넣는다는 공기업에도 원서를 내보고, 이것마저 다 떨어지면 갈 데 없지 하는 생각에 그나마 붙을 확률이 높다는 소규모 단체들(난생 처음 듣는 재단, 위원회 등이 꽤 많았던 거 같다)에 기계적으로 입사지원을 하면서. 내가 생각지 않았던 회사들로부터 합격 소식을 들을 때마다 기쁘다는 마음 대신 언니와 같은 질문을 하고 있었으니까. "내가 정말 이 기업에 가도 되는 걸까? 나와 맞을 수 있을까? 내가 평생 일할 짝으로 이 근무지와 함께해도 될까?"

아! 그런 것이었구나. 순간 마음속 깊이 깨닫게 되는 무언가가 있었다. 내 진심과 멀어지면 멀어질수록 나는 나 자신에게, 또 누군가에게, 나의 결정에 대해 반문을 거듭하고 있었던 거다. 이 직장에 지원하면 의외로 합격은 쉽고, 그럭저럭 적응하며 먹고살 수는 있을 것은 같은데, 결정적으로 여기서 평생 끈기 있게 생활해 갈 수 있을지가 확신이 서지 않는 그런 상황이었다고 해야 할까. 그렇다고 '이곳은 아니야' 하는 단호한 결정을 내리기도 쉽지 않았다.

사실 그렇지 않은가. 이 사람이 아니야!라고 해서 다음에 만날 사람이 이보다 더 좋다는 확신은 없으며, 이 기업이 아니야! 라고 해서 이 다음 번에 내가 더 좋은 기업에 취직할 보장이 없는 것과도 같은 논리다.

그러니 내가 딱히 이 사람, 이 직장이 좋아서 그 자체에 대해 고민하게 되기보다는 '내가 앞으로 더 좋은 사람을 만나지 못하면 어쩌지. 여기 아니면 갈 곳이 없으면 어쩌지'에 대한 가능성에 대한 고민이 시작된다는 것과 같은 거다. '그냥 이 정도에서 현실과 접점을 찾아볼까?' 하는 다소 소심하고도 비겁한 생각을 하면서 말이다.

물론 그런 생각이 아주 잘못되었다고 비판할 수는 없다. 언제 나에게 비슷한 선택의 질문이 돌아올 지 모르는 상황에서, 그냥 이 즈음에서 마무리하자는 무난하고 훈훈한 결론이 지금 당장의 불안은 줄여줄 수 있으니까. 하지만 결국 그 선택은 잘못될 수밖에 없다는 것을 우리는 본능적으로 잘 알고 있다.

그래서 그 잘못된 선택에 대한 불안감을 스스로 떨쳐내고자 이렇게 질문을 반복하고 있는 거다. 비록 내 스스로는 나를 속이고 있을지라도, 타인으로부터는 '그 정도로 됐어' 하는 한마디 라도 들어야 어떻게든 이 불안이 줄어들 것 같다는 생각을 하며 말이다.

이런 곰녀들의 생각을 너무도 잘 알고 있기에 나는 '스스로에겐 사기 치지 말자'는 주장을 하게 되는 거다. 정답을 알고 있으면서 그 정답으로 가는 길이 험난하다고 하여 당장 그 길이 정답인 척 하지 말자는 거다. 질문을 하는 그 순간에도 본인은 본인의 진심을 그 누구보다 잘 알고 있으니까. 그래서 그 끝이 어떻게 될 것을 너무도 잘 알고 있으니까. 그러니 질문을 하는 순간에 오히려 자각을 하는 것이 현명한 거다. '사실 이건 아니지. 그러니까 내가 망설이지' 하는 내 진짜 얼굴을 마주하면서.

결국 언니도 나도 다행히 이 질문의 끝에서 스스로 정답을 깨닫긴 했다. 언니는 결혼을 망설이던 남자들 중 그 누구와도 결혼하지 않았으며, 나도 여러 회사에 합격하긴 했지만 그 어느 곳에도 입사하지 않았다. 동시에 그로 인한 고통이 크기도 했다. 언니는 이후 약 6년 간 악재에 가까운 남자들만 만나며 결혼이 늦어졌고, 나는 이후 1년 반을 더 백수로 살며 이 자본주의 사회에서 카드 하나 없는 무능한 취업 준비생으로 살아야 했으니까. 하지만 나 스스로 사기 치지 않고 노력한 결과의 열매는 또 달았다.

언니는 마음에 드는 남자를 찾아 드디어 결혼에 골인했으며, 나는 라디오 PD엔 합격하지 못했지만 광고 카피라이터라는 가슴이 두근대는 직군을 찾아 첫 취업에 성공하게 되었다. 그리고 그 누구보다도 그 결과에 대해 인정하고, 즐기고, 그 직업을 기반으로 한 걸음 더 발전하게 되는 가능성의 삶을 살게 되었다.

적어도 내 마음속엔 '이건 아니지'라는 마음 대신 '이 결정과 함께 커 나가겠다'는 희망이 더 가득했으니까.

나의 진심을 마주하기 위한
스스로 질문하는 브랜드 만들기

이런 이유로, 나는 '나'라는 브랜드의 성장을 위해서는 질문이 필요하다고 생각한다. 도로시 리즈라는 분도 이런 말을 했다고 한다. 질문을 한다는 것은 나에게 필요한 답을 스스로 이끌어내는 원천이라고 말이다. 그렇기에 이런 논리도 가능하다. '질문이 끝나는 순간이 온다는 건, 드디어 당신이 확신을 할 수 있는 답을 찾았기 때문'이라고.

예를 들어 언니가 더 이상 자신의 남편감에 대해 확인하려 들지 않을 때 형부가 언니 곁에 짝으로 있었고, 내가 내 직업이 자신에게 맞는지를 되묻지 않았을 때 새로운 직장을 향해 예스!를 외치고 있었다. 이렇게 질문이 끝나는 순간, 나와 언니는 우리가 낸 결론이 누가 봐도 객관적 최선은 아니었을지언정 주관적 최선임을 인정했고, 더불어 마음의 평화를 찾을 수 있었다. 내 인생에 대한 질문을 누군가에게 돌리지 않고, 누군가의 말에 휘둘리지 않고, 나아가 그에 대한 공격을 받았을 때조차 아주 덤덤한 마음으로 지금 우리의 상태를 평온하게 설득해 갈 수 있었다.

그러니 내가 지금 이 사람과 결혼해도 될까?라고 골방에서 질문을 하고 있는 곰녀가 있다면, 당신이 묻고 있는 그 사람은 당신의 짝은 아니란 말은 확실히 해줄 수 있다. 당신이 그토록 망설이게 되는 이유는 또다시 솔로로 남기 두려워서이며, 그래서 어떻게든 잘해봐야지 하는 생각에 그 만남을 질질 끌고 있는 거라고 말이다. 그러니 서두에서 꺼낸 그 말을 당신에게 다시 한번 주지시키는 것이 더 바람직하다. "더 이상 타인의 시선을 의식하지 말자고. 제발 자기 자신에게 사기 치는 질문은 이어 가지 말자고". 결혼이란 제도는 누군가와 만나 행복하게 사는 것을 그 전제로 하지만, 반대로 그 제도에 부합하기 위해 의문이 드는 이성과 억지로 인연을 이어갈 이유도 없는 것이다. 오히려 당신이 기억해야 할 것은 그 선택의 순간만은 후회가 없어야 한다는 사실이며, 후회가 없을 남자를 최종으로 선택해야 하는 것이 당신의 의무이자 권리다.

그 간단하지만 무거운 사실을, 부디 당신이 기억해 주길 바란다.

"싫은 말은 절대로 반복하지 않기"

　비단 곰녀들 뿐만 아니라 여자들에게 가장 어려운 숙제라면 '잔소리 금지'일지 모르겠다. 눈앞에서 벌어지고 있는 상황에 대해 한번 더 챙기고, 지적하고, 개선하고자 하는 우리의 바람은 그야말로 '좋은 뜻'을 품고 있지만 그것이 두 번, 세 번 반복되면 상대에겐 '잔소리'로 들릴 수밖에 없다는 것을 한번쯤 인지하고 갔음 좋겠다는 뜻에서 말해본다.

　한마디로 정당히 지적하고 있는 당신의 뜻을 스스로 깎아먹지 않기 위해, 그리고 당신과 그 남자와의 발전적 관계를 위해, 당신이 한번 지적한 그 남자들의 말 혹은 행동에 대해 일종의 '변화의 시간'을 주자는 것이다. 이것은 당신의 말빨이 먹히기 위해서도 꼭 필요한 일이다. 당신이 던지는 다수의 잔소리 잽은 한번의 스트라이크 파워만도 효력을 발휘하지 못할 것이므로.

직장 동기 '박교정'은 그야말로 남자친구들의 행동에 대해 교정을 못해 안달하는 친구들 중 하나다. 그녀는 자신의 남자친구가 '이것만은 꼭 고쳤으면 한다'는 위시리스트 같은 것이 있는데 그중 가장 큰 것은 '주말에 일찍 일어났음 좋겠다'였다. 주중엔 서로 바빠서 만날 시간도 없는데 주말에라도 일찍 일어나 자신과 만났음 좋겠다는 바람이랄까.

하지만 아쉽게도 그녀의 남자친구는 다소 게으른 성격에 야행성 습성까지 있어 금요일 밤마다 게임을 하고 토요일 오후 2시까지 내쳐 자는 리듬을 반복하고 있었다. 처음엔 게임을 안 하면 되는 것이 아니냐 해서 잠시 게임을 끊은 적도 있었다. 하지만 원래 이렇게 뭔가에 중독이 되어서 하던 이들은 갑자기 그것을 안 한다고 해서 곧바로 잠을 자게 되는 것도 아니다. 그러니 멀뚱멀뚱 책을 들여다보거나, TV를 보거나, 핸드폰을 만지작대다가 또 다시 늦게 잠이 들게 되면 어느덧 토요일 오후 2시가 밝아 왔던 것. 그래서 정말 그놈의 패턴은 교정이의 바람과는 달리 도무지 교정되지 않는 상태로 돌아오게 되는 것이 문제였다. 안타깝지만, 참 안타깝지만 본인의 마음과는 정말 별개로 말이다.

교정이는 이런 남자친구의 패턴을 진심으로 바꿔주고 싶어했다. 왜냐하면 그녀는 일요일에 교회에 가야 하는 독실한 신자였기에 남자친구를 만날 시간이 토요일에 국한되어서이기도 했다. (참고로 그녀의 남자친구는 교회신자가 아니다) 해서 그녀는 어느 순간 그녀의 남자친구를 만날 때마다 '토요일 9시 기상'에 대한 이야기를 반복했다고 했다. 처음에는 "좀 일어나 주면 안 되겠어?"로 정중하게 시작했지만, 그게 본인 뜻대로 안 되다 보니 "아, 좀 일어나면 안 되겠냐"로 조금 화가 섞인 듯한 잽이 나오고, 그러다 보니 그녀의 남자친구 역시 반복된 이야기에 짜증으로 답했던 것 같다.

"미안한데, 그게 내 맘대로 되냐? 그리고 지금 노력하고 있는 거 안 보여? 게임까지 끊은 마당에 좀 기다려줬음 좋겠는데, 꼭 그렇게 어쩌구 저쩌구 싫은 소리 반복해야겠냐!"

하지만 말했듯, 단기간에 고쳐지지 않는 것이 그놈의 습관이자 습성이기에 친구 교정이의 짜증도 어느 순간 폭발한 것 같았다. 그러니 어느 날은 그녀의 남자친구를 잘 만나서 하루 종일 이 말을 반복하고 있었다고 했다. 밥 먹으면서도, 영화를 보고 나와서도, 나중에 커피숍을 가서도.

"그러니까, 안 돼? 그러니까 그렇게 일찍 일어나는 게 도무지 안 되냐고!" 그리고 그렇게 시작된 잔소리가 절정을 이룬 바로 그날, 교정이와 남자친구는 참 불행하게도 그만 헤어지고 말았다. "아 쫌! 그놈의 잔소리 좀 그만해라. 아주 지겨워 죽겠다!"는 남자친구의 진저리 친 마지막 말과 함께 말이다.

안타깝지만 이게 현실이다. 비단 내 친구 교정이 뿐만 아니라 나도 결혼해서 지금의 남편과 살아 보니 내가 싫어하는 그놈의 '단점'은 고쳐지지 않으며, 그 '단점'에 대해 아무리 반복된 이야기를 해도 처음엔 듣는 듯 하다가 나중에 튀어버린다는 것이 악순환이었다. 그러니 자잘한 단점에 대해서는 그냥 한 쪽 눈을 감는 게 편하고, 그래도 정 신경 쓰이는 것들에 대해서는 그냥 한 번 말하고 기다려주는 게 낫다.

아무리 잽을 날려봤자 그 잽이 반복될수록 파워만 약해지는 것이기에 조용히, 숨을 참고 기다리고 있다가 "이렇게 해줬음 좋겠다"로 한마디 던지는 거다. 그리고 꼭 그것에는 명확한 기준이 필요하다. "이렇게 해줬음 좋겠는데, 안 되면 이렇게 하자"라든가 "이렇게 해줬음 좋겠는데, 되면 정말 더 바랄 것이 없겠다"로 말하고 그냥 한번 기다려보는 거다.

물론 그때도 고쳐지지 않는다면 정확히 두 번 정도는 더 이야기할 수 있다. 그것도 일정한 시간의 간격을 두고 아주 차분하고 냉정한 어투로. 그런데 만약 이 시도가 세 번 정도 이어졌는데도 변화하지 않는다면 깔끔하게 그냥 포기하는 게 더 나은 거다. 그리고 또 단호하게 이야기한다.

"내가 이렇게 세 번 정도 이야기했는데 그것이 고쳐지지 않는 것을 보니 안 되는 건 안 되는 것 같다. 대신 그 점이 고쳐지지 않았으니 이런 점에 대해서는 앞으로 나에게 더 많은 발언권을 주거나, 이런 것에 대해서는 당신이 양보해줬음 한다"는 협상의 기술 말이다. 사실 사람이 그렇다.

안 되면 안 되는 거다. 그것도 그냥 나태하게 있었던 게 아니라, 열심히 노력했는데도 안 되는 것이면, 그냥 안 된다고 포기함이 더 낫다. 대신 그 안 되는 것에 대해 '그냥 포기했다'가 아니라, 그 실현이 안 됨에 대한 패널티를 물어 나와의 협상을 이끌어내라는 거다. 당신도 나에 대해서는 이런 것을 배려해줬음 좋겠다라든가, 더 많은 옵션을 달라든가 하는 맞교환을 끌어내며.

언젠가 '중년 남자들이 혹했던 순간'이란 매거진 글을 보며, "아, 이거군!" 했던 구절이 있었는데, 여기서 소개하고 싶다.

"중년 남자들이 술집 여자들에게 혹하는 이유는 그녀들의 빼어난 몸매 혹은 얼굴 때문이 아니다. 오히려 중년 남자들은 그녀들의 말 한마디에 흔들린다. 무심한 듯 술을 따르며, "오빠~ 난 오빠 맘 다 이해해" 하는 그 말이 중년 남자들에게는 깊은 울림으로 다가서게 되는 것이다".

굉장히 일리 있는 관찰이다. 곰녀들의 공격적인 잔소리에 넌덜머리 난 남자들이, 봄바람처럼 부드럽게 감기는 듯한 '난 당신을 다 이해해요'라는 한마디에 참 혹하게 된다는 거.

그리고 실제 이런 말을 증명하듯 우리는 혹해서 바람난 중년의 이야기들을 종종 뉴스에서 접하곤 한다. 그리고 그 대상이 그 남자의 (우아하게 생긴) 본처와는 전혀 다른 취향의 '엉뚱한 여자들'임을 목격하며(성형괴물 혹은 뭔가 평생 가슴만 가꾸었을 것 같은 독특한 여자들), '취향이 좀 변했나 보지'를 말하기 전에 한 번 더 생각하게 되는 것이다. "저 여자들은 저 남자에게 도대체 어떤 위로를 던져줬을까? (잔소리 대신에), 그리고 얼마나 부인이 저 남자를 괴롭혔으면 저런 여자에게 넘어가게 되었을까?"

잔소리보다 진심어린 격려로
카리스마 말빨 세우는 브랜드 만들기

그러니 현재에도, 미래에도 이런 '엉뚱한 여자'들에게 내 남자를 뺏기지 않기 위해, 지금부터라도 카리스마 있는 '스트라이크 말빨'을 던지길 바란다. 위로하듯 천천히, 협상하듯 유연하게, '나는 이 세상에서 제일 속 넓은 사람이다'라는 주문을 반복하고 또 반복하며 내 남자, 혹은 남편의 단점이 천천히 변화되기를 기다려주자는 거다.

칭찬은 고래도 춤추게 한다는 말이 있지 않든가. 상대가 나에게 무한한 신뢰와 기다림을 주고 있다는 것을 깨닫게 되는 순간, 당사자인 남자들도 그 진심에 대해 흔들릴 수밖에 없다. 조금 미안해서라도. 그리고 스스로 체면이 없어서라도. 나아가 가족의 구성원이라는 책임감에 발로해서라도.

그러니 당신이 지금 그 상황에 대해 머릿속, 마음속에 수백 수천 가지의 단어가 날아다니고 있다고 해도 숨 한번 고르고 꾹 참아 보는 인내가 필요하다. 지금 당신이 말을 한다고 해서 그 말대로 변화될 상황도 아니오, 그 말 수에 비례해 당신만 스스로의 참을성을 깎아먹고 있을 뿐이다. 그러니 "난 오빠를 이해해. 오빠를 믿어요"란 술집여자의 멘트가, 조금 거북스럽고 좀 오바이트 나올지라도, 포스트잇 어딘가에 써 두고서라도 암기하듯 종종 들여다보자. '난 내 남자를 믿는다. 그래서 좀 더 기다려주겠다'는 조금 다른 버전의 문구로 해석하며 말이다.

난 당신이 그런 여장부로 거듭나길 바란다. 당장 내 입장이 아니 되니 정말 이렇게 여장부처럼 이야기할 수 있는 것인지도 모르겠지만, 그냥 내 입장을 떠나 객관적으로 생각하니 이게 정답이란 생각이 든다. 잽이 아닌 말의 스트라이크를 날리자. 그래서 스스로 인격 깎아먹지 말고, 상대 도망가게 하지 말고, 그 어떤 상황도 대담하게 품고 기다려줄 수 있는 여장부의 포스를 키우자. 그리고 그 기개로 내 남자를 확실히 부여잡자.

도돌이표

공부와 결합되면 모범생. 잔소리와 결합되면 질리는 여자를 탄생시키는
참 오묘한 단어. 반복될수록 말빨도 떨어진다는 사실!

내가 이거 싫다고 몇 번 말했어?

아, 뉘예~뉘예~

지금 듣는 거야, 마는 거야!

거~참, 시끄러 죽겠네!

듣기 싫은 말일수록, 여러 번의 잽이 아닌
한 방의 스트라이크가 필요한 법

제 3 장

우리 뼛속까지 천사는 아니잖아요?
후회할 것 같으면 '척' 하지는 맙시다

"'사랑'보다 '우정'이 소중하다는 헛소리"

**남자를 향한 곰녀들의 실수는 여자와 여자와의 관계 때문에
도 발생한다.** "친구를 위해 제 사랑을 양보했어요" 하는 눈치보
기 결정이 바로 그것이다. 한때 "사랑보다 우정이 소중하지. 우
어어~"를 노래했던 모 노래의 가사처럼 멋있는 척해도 뒤돌아
서면 피눈물 나는 그 바보 같은 행동을 알아서 하는 사람들이
우리 곰녀들이다.

좋아하는 사람은 '먼저 잡으라'고 아무리 이야기를 해도 "근데
그 친구가 내가 좋아하는 그 남자를 좋아하면, 알아서 먼저 양
보해야 하는 게 양심 아닌가요?"를 말하는 게 곰녀들의 상식인
것 같다. 물론 친구를 위한 양보심에는 박수를 친다. 하지만 그
래서 뭐? 당신에게 남는 게 뭔데?

사랑은 결국엔 쟁취다. 그리고 당신이 크게 오판하고 있는 건 당신 스스로만 멋있는 척 하면서 상대 남자의 생각은 왜 고려하지 않느냐는 것이다. 막말로 상대남자는 당신에게나 친구에게나 둘 다 관심 없을 수도 있고, 친구에게만 관심 있을 수도 있고, 운이 좋아 당신에게만 관심 있을 수도 있다. 그러니 당신이 생각해야 할 것은 그 남자의 마음이지, '친구가 그 남자를 좋아하여 좋아하면 안 돼' 하는 마음을 먼저 품는 식은 아니란 거다. 마치 내 친구 '정지연'처럼.

지연이는 참 착하고 성실한 친구다. 지연이는 나와 같은 과를 졸업했고, 졸업 후에도 나처럼 라디오 PD를 목표로 함께 스터디를 했다. 고향도 동향인데다 생각하는 것도 취향도 비슷했던 우리는 단지 대학동창, 혹은 스터디 동기생을 떠나 서로가 서로의 마음을 털어놓는 친구였다. 그래서 스터디가 끝나면 으레 한 시간 정도를 더 스터디 장소 주변에서 차를 마시며, 혹은 산책을 하며 서로의 고민거리를 털어놓곤 했다. 마치 한 주간의 일을 서로에게 어젠다처럼 공유하고 반성하는 것처럼 말이다. 그래서 알게 된 지연이의 고민은 이것이었다.

지금 스터디를 함께하고 있는 어떤 남자를 좋아하는데 쉽게 그 마음을 표현하지 못하겠다는 거나. 그 '어띤 남자'라고 해봤자 스터디 남자 두 명 중 한 명이어서 그가 누구일지는 금방 감이 왔다.

"왜? 준석 오빠 내가 봐도 괜찮은데. 좋아하면 좀 천천히 친해지면서 사귀어봐도 괜찮지 않아?"

그런데 그녀가 굉장히 자신 없다는 투로 이야기한다.

"아니. 근데 소담이가 준석 오빠를 좋아하는 것 같아서. 얼마 전에 나에게 그러는 거야. 준석 오빠에게 관심이 있다고. 그래서 내가 좋아한다고 말을 못했어. 오히려 잘해보라고 했는걸."

"응? 소담이가 관심 있으면 있는 거지, 네가 또 잘해보라 말할 건 뭐야?"

"그러게 말야……, 근데 좀 그렇지 않니? 그 사람이 좋아한다는 말까지 내가 들었는데. 내가 준석 오빠랑 잘해보겠다고 생각하는 게 좀 우습지 않니?"

사실 우스울 건 없다. 소담이란 친구는 당시 약 6개월간 진행되던 스터디에 새로 합류한 학교 후배였다. 그 친구는 딱히 곰녀라고는 할 수 없고 좀 귀엽고 쾌활한 친구였다. 자신의 존재감도 뚜렷하고 자신이 원하는 것이 무엇인지를 정확히 아는. 하지만 그렇다고 딱히 공격적인 여우형은 아니어서 그냥 여자 일반인이라고 표현하는 게 더 정확할 듯 싶다.

아무튼 그 소담이가 자신이 좋아하는 사람을 좋아한다는 것을 알았기에 감히 그 남자에게 마음조차 표현할 수 없다는 지연이의 태도는 그야말로 조선 후기의 여성상을 보는 것 같기도 했다. "아니되옵니다. 소저의 마음을 표현하고 싶어도 차마 그 처자의 마음이 상할 것을 두려워 결코 그 마음을 표현할 수 없사옵니다"의 신파적 버전 말이다. 아버지를 아버지라 부를 수 없고, 어머니를 어머니라 부를 수 없듯, 좋아하는 사람을 좋아하는 사람이라 부를 수 없다는 식의 이 딱한 이야기를 듣고 내가 해줄 수 있는 말은 딱 하나였다.

"알았어. 소담이가 준석 오빠를 좋아하는 건 신경쓰인다 쳐. 근데 되게 냉정하게 얘기해서는 준석 오빠 마음이 더 중요한 거 아니야? 그 오빠가 너희들을 여자로도 안 본다 그럼 이런 얘기 할 필요도 없는 거 같은데. 니가 소담이를 신경 쓰는 것 이상으로 신경 쓸 건 그냥 준석 오빠 마음이면 충분한 것 같은데?"

브랜드의 공략 대상은 어디까지나 자신이 닿아야 할 타깃이지 경쟁상대가 아니다. 나는 곰녀들의 연애에서도 같은 논리가 존재한다고 생각한다. 우리의 경쟁상대는 경쟁상대일 뿐인 것이다. 그 경쟁상대의 논조가 달라진다고 하여, 움직임이 변화한다고 하여 우리가 전략을 바꿀 수는 있을지언정 공략해야 할 대상을 바꾸는 우매한 행동은 하지 말자. 내 친구 지연이가 몰랐던 점은 바로 이 점이 아닐까 싶다.

오히려 그렇게 착한 척 하면서 남자에게 표현할 자신의 진심을 감추려 하는 것은 내 마음을 괴롭게만 할 뿐일 것이니, 괜히 천사표인 척하지 말자는 것이 또 다른 핵심이기도 하다. 우리는 마더 테레사가 아니다. 욕망이 있고 욕심이 있는 존재들이다.

곰녀들이 비록 남자들과의 관계에서 그 처신이 미숙하고 조금 소극적이라고 해서 그 남자들에게 닿고자 하는 마음이 없는 것은 아니다. 아니 오히려 더 강할지도 모른다. 너무 못하니까. 배워서라도, 글로 읽어서라도, 그 스킬을 배우고자 하는 것이 우리 곰녀들이 한번 쯤은 시도했던 방식 아닌가.

그러니 이렇게 "친구 때문에 마음을 표현하지 못하겠어요" 하는 것은 정말 본심을 감추면서 진심을 외면하는 이중성이기도 하다. 그래서 역시 계속되는 반문은 이거다.

"도대체 그래서 너에게 남는 게 뭔데? 결국 그 소담이란 친구랑 준석 오빠가 잘 되기라도 한다면 배 아파서 돌아설 건 너 아니냐! 그러니 시도라도 해봐. 좀 빼지 말고!"

이런 내 조언에도 불구하고 결국 지연이는 준석 오빠에게 그녀의 마음을 표현하지 못했다. 그리고 오히려 준석 오빠는 그에게 적극적으로 마음을 표현했던 소담이와 사귀게 되었고, 공중파 기자가 된 후에는 그녀와 결혼까지 하게 되었다. 정확히 스물일곱에서 서른 살에 걸쳐 일어난 일이었다.

이 3년이란 시간 동안 내 친구 지연이의 맘도 비례해 무너졌다. 소담이와 준석 오빠가 사귀게 되었다는 것을 알게 되었을 때는 그야말로 며칠 밤을 밤새도록 울었으며 준석 오빠가 기자 시험에 떡하니 합격했을 때는 좋은 사람을 놓쳤다는 생각에 더욱 얼굴이 파리해져 다녔던 것 같다. 그리고 결국 그 둘이 결혼한다는 것을 알게 되었을 때는 그야말로 거의 막장이었다.

술도 못 마시는 애가 소주를 5병까지 얼굴 색 하나 변하지 않고 마시는데, 그야말로 '술은 정신력이다'라는 말을 몸소 실현해주는 듯 했다. "야, 왜 마셔도 마셔도 취하지 않지?"라는 드라마 같은 대사를 반복하던 그녀는 나중에 소주 6병째가 되어서야 기절하듯 쓰러져버렸다. 만취한 그녀를 업고 집에 가자 "그 준석 오빠인가 뭔가 때문에 그러는구만……." 하고 지연이 부모님이 혀까지 차셨다. 얼마나 좋아했으면, 부모님까지 알던 그 이름의 대상을, 그녀는 시도조차 하지 못하고 그냥 눈 뜨고 보내버렸다.

그런데 나중에 알게 된 사실은 더 드라마틱하다. 나중에 결혼 후 술자리에서 알게 된 사실이지만 사실 준석 오빠가 좋아했던 사람은 지연이었다는 거다. 그도 딱히 말하지 말았어야 할 사실을 술 기운에 털어놓은 것이겠지만, 지연이가 자신에게 눈길도 주지 않아 (지연이로서는 절대 좋아하지 말아야지 하고 자제했던 것을) 오히려 자신을 좋아하지 않는다는 것으로 오해하게 되었고, 이후 몇 번 연락을 해도 또 제대로 답이 오지 않아 (이 역시도 지연이 스스로의 자제로 인해 벌어진 일이었다) 결국 자신에게 적극적이었던 소담이를 택했다는 거다.

어쩌다 보니 자꾸 자신의 곁에서 도는 그녀와 더 말할 시간이 많아지게 되었고, 말을 나누다 보니 자신을 좋아했던 마음도 알게 되어 더 정이 갔다는 것. 그리고 그 상황이 지연이를 향한 자신의 마음과도 같아 더 친해지게 되었다는 이야기 등. 정말 지연이가 들으면 눈물 없이 들을 수 없는 이야기이기도 했다. 나중에 결국 알게 된 지연이는 땅을 치고 후회했지만.

내 인연인 남자를 놓치지 않는
내 남자 적극 공략 브랜드 만들기

그러니 여기서 덧붙일 더 중요한 교훈도 있다. 모든 브랜드에는 때가 있다는 것이다. 브랜드가 공략해야 할 대상이 언제나 그 자리에 머물러 있는 것은 아니다. 나와 그 브랜드가 인연이 맞아 하나의 커뮤니케이션이 이루어질 수 있다면 그것은 '성공적 만남'이 되는 것이고. 만약 그 대상이 나와 인연이 맞지 않아 마음이라도 변심해버린다면 '영영 떠나버릴 인연'이 되어버린다는 거다.

그러니 하나의 브랜드가 자신이 공략해야 할 타깃임을 명확히 아는 것도 중요하지만, 그 타깃과 자신의 매칭이 성공적일 수 있는 '때'를 놓치지 말아야 한다는 것도 중요하다. 왜냐하면 언급한 자신의 경쟁자가 언제든 그 타깃을 채어갈 수 있기 때문이다.

그러니 세상에서 제일 쓸데없는 걱정은 남 걱정이란 말도 있는 거 같다. 지연이가 소담이란 경쟁자의 마음만 지나치게 헤아리지 않았다면, 그냥 준석 오빠와 자연스러운 관계를 유지했을 거고, 그렇다면 그가 보내왔던 그 수많은 러브의 신호와 결정적으로 이어질 수 있었던 끈들을 놓치지 않았을 거다. 구태여 그녀가 먼저 다가갈 것도 없이, 그 타깃으로부터 오는 애정들만 제대로 캐치했어도 말이다.

그러니 모든 것은 떠난 후에 돌이키려 해도 돌이킬 수가 없다. "내가 이랬었지. 내가 이런 감정을 가졌었지"의 추억만 떠돌 뿐, 현실은 냉정하게 달라지는 것이니까.

그럼에도 불구하고, 다행히 지연이는 잘 살고 있다. 그녀는 라디오 PD 대신 기자가 되었으며 준석 오빠를 잊지 못하고 특파원으로만 돌다가 해외에서 타 방송 특파원을 만나 열정적 사랑을 하고, 또 그 사랑을 쟁취했다.(이번엔 그 남자보다 지연이가 더 적극적으로 대시해 결혼에 골인한 경우다) 순둥하니 말 한마디 제대로 못하고, 늘 진심을 표현함에 있어 상대의 눈치만 살피던 그녀가 이렇게 저돌적인 여성으로 변했다는 것은 아마 그 준석 오빠와의 일화에서 배운 교훈이 컸기 때문이었을 것이다. 그리고 인생의 오점을 자신의 발전 계기로 만든 내 친구 지연이의 용기에도 박수를 보낸다.

이렇듯 모든 브랜드는 성장한다. 부딪치고 무너지고 다시 성숙하고. 그렇게 자신의 욕망에 충실해가는 방법을 알아가는 것이다. 그러니 그 욕망에 '천사표' 태그 따위는 붙이지 않았음 한다. 자신의 욕망을 숨기지 않고 만족시키는 사람이 진짜 천사다. 특히 이 사랑의 작대기가 수도 없이 오가는, 욕망덩어리 민주주의 연애 시장에 있어서는.

"에이 C, 국밥 먹고 싶단 말야!"

누구나 착한 척은 할 수 있다. 하지만 그것이 진짜 뼛속까지 착한 상태가 아니고서는 그 상태가 오래 가지 못한다는 게 문제다. 왜냐면 진심과 행동이 이율배반적이 될수록 자신이 포장하는 가면은 어느 순간 툭 떨어지기 때문이다. 그건 자신이 굉장히 의도해서 그렇게 된다기보다는, 자신의 진심을 숨기다 숨기다 못해 참을성의 역치가 넘어서 발생하는 불상사이기도 하다.

그러니 우리 곰녀들 중에 가끔 '욱' 하는 성질이 있다고 표현을 듣는 이가 있다면 그것은 "당신은 꽤나 착한 척하는 사람이군요"의 다른 말일 수도 있다. 왜냐면 그렇게 척하면 할수록 진심이 멀어졌기 때문에 그 진심이 튀어나오는 순간 역시 다소 과격해질 수 있기 때문이다.

선배 '소기진'은 이 논리의 독보적 예시가 될 수 있을 듯하다. 딱히 그녀가 굉장히 나빠서가 아니라 이 착한 척했던, 그래서 너무 참았던 자신의 감정 컨트롤 문제 때문에 자신이 만나던 남자와 정말 웃기게 헤어져서다.

가끔 기진 선배와 만나면 당시의 일을 농담처럼 이야기하곤 하는데 당사자 역시도 "야, 진짜 내가 생각해도 남자가 황당했을 거 같다"는 이야기를 많이 한다. 이쯤에서 궁금해질 이들을 위해 그 유명한 이야기는 빨리 풀어놓을수록 좋겠다. 누가 봐도 전설로 남을 그 '에이C, 국밥 사건'에 대해.

기진 선배는 굉장히 와일드한 성격을 지닌 곰녀다. 말도 행동도 워낙 시원시원하고 털털해서 '남자 소기진'으로 불리기도 했다. 그런데 여자들과의 관계에서 이렇게 털털함을 지닌 인기녀들이 남자와의 관계에서는 오히려 자신을 굉장히 억제하는 경우가 많다. 한마디로 본래의 성격이 그대로 이어지지 않는 것인데 아마 우리가 '여대 졸업생'이라 더 그러했던 거 같다. 차라리 남녀공학 같았으면 남자를 평상시에 대하는 방법이라도 자연스럽게 익혔을 텐데.

말했듯 우리는 소개팅 외에는 남자를 딱히 대할 일이 없는 여초 집단의 출신이어서 사회에 나가서도 남자와의 관계에서 '굉장히 자연스럽지'는 못했다. 아무튼 기진 선배와 돈가스 사건을 일으킨 상대는 어떤 공기업 남자였다. 그분은 선배처럼 시원시

원하고 털털한 성격이었는데, 첫눈에 그에게 호감을 느낀 기진 선배는 "이 남자랑 좀 잘해보고 싶은데"를 입에 달고 살았던 것 같다. 그런데 이게 문제가 되는 것이 너무 그의 눈에 들려고 하다 보니 욕망을 억제한다는 게 문제였다. 만나는 장소, 먹는 음식, 그리고 영화를 보는 장르까지, 기진 선배와는 참 다른 취향을 가지고 있었던 남자 분. 그러니 그분이 "여기서 만날까요?" 하면 싫어도 딱히 반박을 하지 못했고 "이거 볼까요?" 하면 또 별다른 반응을 보이지 못했다고 했다. 일례로 기진 선배는 의외로 피가 나오는 영화를 보지 못하는데, 그 남자분과 그때 꽤 인기 있었던 좀비 영화를 덜덜 떨면서 함께 보았다고 했다. 그것도 영화관에서 무려 3시간 동안.

그러니 아마 이런 것들이 조금씩 쌓였던 것 같다. 그의 인품이나 배려는 정말 좋았지만 자신이 가고 싶은 곳, 혹은 보고 싶은 것들에 그와 조금씩 차이를 느끼며, 기진 언니는 굉장히 괴로웠던 것 같다. 그러니 그날, 아마 그렇게 터졌던 거다.

그날은 만난 지 3개월이 되어가던 때여서 이 남자분이 아마 프로포즈를 하려던 거 같다. 그 눈치를 챘던 게 일부러 언제, 어디서 만날 것인지를 더 신중하게 고르는 그분의 태도와 그날따라 유독 유명 레스토랑을 찾는 장소 선정이 더 그러했다고 한다.

그런데 언니는 반대로 상태가 안 좋았던 게 불운이었다. 컨설팅 회사의 특성상 며칠밤을 새우고 일했던 때라 속도 안 좋고 몸이 으슬으슬했는데, 그래서 아마 평소보다 본인의 자제력이 더 떨어져 있었는지 모른다. 언급했듯 이건 그냥 굉장히 단순한 계기에서 시작된 얘기다.

평소처럼 그 남자분과 만나고 역시 남자분이 화끈하게 이야기를 이끌어가고. 근데 그 남자분이 막상 파스타와 스테이크를 먹으러 그 레스토랑에 가자고 했을 때 처음으로 언니가 "나는 거기가 좀 싫어요"라는 의견을 내놓았다고 했다. 얼마나 몸이 안 좋았으면.

하지만 상대는 그날따라 꼭 거기에 가려 했으니 평소에 없던 실랑이가 생겼던 거다. 그리고 이런 의견충돌이 반복되다 결국 그 남자의 뜻대로 레스토랑에 가게 되자, 함께 움직이던 길목에서 언니가 그냥 엉뚱한 순간에 폭발한 거다. 그 조신한 행동을 반복했던 그녀가 갑자기 이상한 표정을 보이며 욕설 섞인 진심을 일순간에 내어 놓은 거다. "아이 C, 난 그냥 국밥 먹고 싶다고. 국밥!"

누가 들으면 코미디이지만 실제 기진 언니는 이 때문에 굉장히 상처를 받았었다. 그 남자는 당황해서 그 자리에서 급히 기진 언니와 헤어졌으며 한동안 기진 언니에게 연락조차 하지 않았으니까. 그리고 그 당시 언니도 좋아했던 그와 헤어진 충격에, 참 망신했다는 생가에 회사도 근 2주를 쉬며 집에 드러누워 있었다 했다. 내가 미쳤지, 왜 그렇게까지 했을까 하는 자책을 곁들이며.

자신을 속인다는 건 이처럼 한계가 있다. 지구상에 똑같은 사람은 한 명도 없다고 하는데, 나는 그것이 단지 외모의 문제에만 그친다고 생각하지 않는다. 아주 당연한 이야기지만 그것은 성격 혹은 성품에도 마찬가지다.

자신 같은 성격을 지닌 사람은 이 세상에 단 한 사람밖에 없다. 사람은 아주 정교하게 설계된 존재라서 그 세포 하나까지도 동일하지 않으니 자신의 유니크함을 숨기고 또 다른 사람인 체 살아간다는 게 말처럼 쉬운 일이 아니다. 만약 그렇게 살아갈 수 있다면 그건 자신을 '허상'으로 만드는 일이다. 모 철학자가 말한 하나의 '우상'을 만드는 일이기도 하다. 진짜가 아닌 가짜의 모습으로.

그러니 이런 상황은 비록 그 '국밥'이란 소재 때문에 좀 웃기게 터지긴 했지만 언젠가는 터졌어도 터졌을 상황이었던 거다. 자신이 아닌 모습을 겉으로 포장하고 있더라도 진짜의 내 모습이 어느 순간에는 이빨을 드러내고 포효할 수밖에 없기 때문에.

그래도 이 국밥 사건을 기진 언니와 웃으며 할 수 있는 이유는 그때 만났던 그분과 언니가 그 이후 다시 만나고, 연애하고, 결혼까지 골인했기 때문이다. 그분이 성품은 정말 좋았던 것이 집에 가서 "도대체 이 여자가 왜 그랬을까"를 곰곰이 생각했다는 거다. 그래서 한 3주의 공백기 끝에 기진 언니와 연락을 해 그 사연을 물었고, 언니도 이때쯤이면 그와 헤어져야겠다고 생각해 꽤 솔직하게 그간의 이야기를 털어놓았던 거다.

그런데 이 남자의 반응이 더 의외였다. 정말 박장대소 하면서 자신은 기진 언니의 시원시원한 본 모습이 더 좋다고 했다는 거다. 자신도 굉장히 거침 없는 사람이라 거침 없는 모습을 지닌 사람이 이상형인데, 그런 의미에서 자신의 말을 잘 따라주는 기진 언니도 좋지만 본래의 언니 모습이 더 좋다고, 그 모습으로 만나자고 했다는 거다.

그러니 언니의 마음이 어땠겠는가. 그야말로 모든 근심이 눈 녹듯 풀리는 안정상태로 진입? 그래서 그 둘은 정말 그 이후로 한 1년을 재미있게 연애했다. 서로 대화도 하고 싸우기도 하고 그리고 굉장히 버라이어티한 일들을 더 많이 겪어가며 누가 봐도 재미있고 알콩달콩한 연애를 했다. 그리고 이렇게 솔직한 태도로 서로에 대해 많은 이야기를 쌓은 그들은 결혼 후에도 참 그들답게 잘 지내고 있다. 지금은 기진 언니도 두 아이의 엄마가 되어 가끔 전화로만 통화하지만, 그럴 때마다 그녀가 늘 남기는 말이 있다.

"야, 사람이 솔직한 게 최고다. 나 봐라. 그때 그 국밥사건 아니었음 아직도 연기하면서 살아야 할 수도 있어. 근데 만약에 아직도 연기하고 산다고 생각하면 그게 그렇게 끔찍할 수가 없다. 물론 상상 속의 이야기일 뿐이지만 말야. 어떻게 아직도 이래요 저래요 하면서 살 수 있겠냐. 내 성격에. 허허허."

연기하지 않고 원하는 것을 요구하는
진정성 있는 연인 브랜드 만들기

나도 한때 '여자는 이래야 더 인기 있어'라는 사회적 통념을 기반으로, 정말 나답지 않은 연기된 행동들을 했었던 것 같다. 그때는 사실 뭐가 잘하는 짓인지도 몰랐다. 누군가를 만나고 싶었고, 하지만 연애 경험은 많지 않았고. 이렇게도 해봤다가 저렇게도 해봤다가, 그러다가 내 친구가 "그런 거 다 필요 없고 이렇게 해봐"라고 하면 또 열심히 그런 필살기들을 마치 내 것인 듯 접목해보기도 했다.

하지만 그 긴 수련의 끝에서 깨달은 건, 그런 것들은 내 모습으로 체화되지도 않았고, 체화하기도 힘들었다는 거다. 그리고 아마 그런 모습을 적용한 남자들과 이어지지 않은 것을 생각해보면, 십중팔구 그들은 "이 여자 놀고 있네"라고 생각했을 수 있다. 혼자서 열심히 연기하고 있는 모습이 안쓰러워서 도망갔을 수도 있다는 것. 그만큼 자신의 모습, 혹은 욕망과 엇나가서 무언가를 연출해낸다는 것은 그야말로 그 연출 자체가 망할 수밖에 없는 구조다. 그에는 '진정성'이 결여되어 있기 때문이다. 한마디로 메소드 연기가 되지 않기 때문이기도 하다.

한 번도 내 것이라 생각해보지 않은 어떤 사상과 행동들은 결국 반사될 수밖에 없다. 그러니 결론은 그녀도 나도 그런 부류는 되지 못했다는 거다. 내 진심을 완벽히 속이고 살 수 있는 그런 어떤 가식적인 부류.

연기하지 말자. 체하지 말자. 그리고 무엇보다 내 본성과 멀어지지 말자. 그것은 스트레스가 한 번에 폭발하지 않도록 내 자신을 다스리는 일과도 같다.

그런 의미에서 나는 가끔 완벽한 메소드 연기를 하는 여우들이 진심으로 존경스러울 때가 있다. 남편과 하하호호 통화하다가 돌아서면 "웃기고 있네"라는 무서운 얼굴을 보이는 그녀들을 볼 때마다, 그녀의 남편이 아무리 판사, 검사, 혹은 판검사 할애비어도 전혀 부럽지 않다는 생각을 한다.

나는 그녀처럼 살 수 없으니까. 내 자신을 완벽히 감추고 어느 한쪽에선 이렇게, 어느 한쪽에선 저렇게 지킬 앤 하이드처럼 나를 무한 변신시킬 수는 없으니까. 오히려 그런 변신이 피곤하다. 비록 지금 내 남편과 치고받고 싸울지언정, 그냥 이렇게 내 모습대로 사는 게 편하다. 그리고 그게 내 이름 이승주란 석 자의 브랜드 정체성이자 내 삶의 고갱이란 생각도 든다. 그냥 나는 나다.

메소드 연기

곰녀들은 절대 불가능한 진짜 나를 숨기는 일명 '척' 하기.
한두 번은 노력으로 가능하지만 그 이상이 되면 게거품 물 수 있음.

기진씨, 좀비 영화 좋죠?
기진씨, 등산 가요!

기진씨, 레스토랑…

아이C, 너나 가라고!

나는 나다.
그냥 나답게 살자.

"인문학적 감성을 지닌, 그 남자가 그립다"

남자를 보는 제 1조건은 저마다 다르지만, 내가 정말 믿고 연애할 상대, 나아가 내가 평생 같이 살아야 할 남편감을 고르라면 난 주저하지 않고 이 조건을 1순위로 내세울 것 같다. 바로 '인문학적 감성을 지닌 남자'. 보통 2, 30대 곰녀들이 가장 범하기 쉬운 실수 중 하나가 '얼굴이 잘생긴 남자'를 찾는다는 것이다. 내 눈에 호감인 남자를 만나는 것은 참 어려운 일이거니와, 평생 같이 살 배우자의 얼굴이 호남이라면 보는 내내 흐뭇할 것임을 나도 잘 알고 있다.

하지만 잘 생각해보라. 그린 얼굴은 사실 부차적 조건일 뿐이다. 때문에 내가 '인문학적 감성'을 강조하는 이유는 남자의 외면보다는 내면을 보라는 말이기도 하다. 나를 속 썩이는 잘생긴 남자보다는, 얼굴은 좀 못나도 인문학적 감성으로 나를 편하게 해줄 남자가 내 진정한 짝일 것이므로.

그렇다면 여기서 또 하나의 의문이 생긴다. 도대체 인문학적 감성이란 무엇인가. 그것은 구체적으로 말하면 '공감하는 능력'이자 '문맥을 이해하는 능력'이다. 이에는 선천적 정서와 후천적 노력이 필요한데 일단 선천적으로 고운 감성을 지니고 태어났다고 해도 후천적 노력이 보다 필수적이다. 이유인 즉 책, 영화, 음악 등 인문학적 감성의 후천적 개발을 위해 접하는 정제된 문화물들은 그 남자의 사고의 폭과 정서적 깊이, 나아가 한 주제를 대하는 거시적 안목까지 키워줄 수 있기 때문이다.

다시 말해 나와 같은 말을 하더라도 "척 하면 압니다"의 인지와 "많이 힘들었겠다"의 공감이 탁월하게 작용될 훈련물이 되어줄 것이니, 한마디로 인문학적 감성을 지닌 남자는 '내 마음과 함께 숨 쉬고 커뮤니케이션하며, 절대 속 썩이지 않을 남자'라고도 말할 수 있겠다.

직장 후배 '조미모'는 '남자는 얼굴이 최고야'를 외치던 얼굴 맹신주의 후배 중 한 명이었다. 실제 잘생긴 사람들하고만 연애하던 그녀는 그녀가 바라던 대로, 개중에 최고의 인물을 가진 남자와 결혼을 하게 되었는데 결혼식 날 그녀의 남편을 보고 나를 포함한 많은 사람들이 참 놀랐던 기억이 있다.

훤칠한 키에 매끈하게 깎아놓은 듯한 얼굴, 슥 미소 짓는 그 얼굴은 흡사 CF 속 연예인을 보는 듯 눈이 부셨기 때문이다.

그러니 후배의 심정은 말해 무엇하랴. 마치 입꼬리 수술을 받은 듯, 좋아하지 않으려고 해도 좋아 죽겠다는 모습이 새어나오는 그 얼굴은 조명을 비추지 않아도 뿜어져 나오는 밝음이 있었다. 후배의 결정이 다소 경솔하다고 느꼈던 나조차도 "그래, 그 정도 인물을 골랐으면 부디 잘 살아야지" 하면서 동화 속 마지막 페이지가 이들의 현실이 되길 바라고 또 바랐으니까.

하지만 결혼한 지 얼마 되지 않아 후배에게서 연락이 왔다. 자신은 남편과 정말 맞지 않으며 무엇보다 말이 통하지 않는 것 같다는 하소연이었다. 신혼 초엔 자질구레한 일로 남편과 다투는 건 아주 당연한 일이라고 후배를 다독였지만 싸움의 구체적 이야기를 듣다 보니 정말 나라도 그와 다툴 것 같다는 생각이었다. 별 것 아닌 이야기지만 들으면 들을수록 속이 스멀스멀 답답해지는 느낌이었으니까.

가령 이런 것이다. 직장에서 속상한 일을 겪은 후배가 자신이 이런 일을 겪었다며 전후 상황을 말하고 또 위로라도 받으려고 하면 "너는 회사에서 왜 그렇게 적이 많으냐" 내지 "정말 쓸데 없는 투정"이라 못 박고 건성으로 듣는다는 것이다. 하지만 정작 그런 일이 자신의 것이 되어버리면 상황은 또 달라지는데 후배가 채 대꾸할 틈조차 주지 않고 흥분해 이야기를 진행한다거나, 행여 너무 피곤해 다음에 얘기하자고 눕기라도 하면 잠자는 후배를 깨워 새벽까지 밤을 새워 이야기를 진행한다는 식이었다.

또 다른 예도 있다. 이야기의 시작은 분명히 친정 아버지 생신 참석으로 기분 좋게 시작했는데 "별 일 없음 참석하는 게 예의"라는 말을 꺼냈다고 "그럼 내가 예의 없는 인간이냐"며 화를 냈다는 거다.

정말 갑툭튀갑자기 튀어나온 이야기란 말이 절로 생각난다. 이야기의 본질 혹은 취지와 전혀 관계 없는 특정 단어에 집착하는 격이기 때문이다. 육아문제를 이야기할 때도 그 남편 분의 이러한 사고구조는 크게 다르지 않은 듯했다. 육아계획을 말하며 함께 고민해보자고 하면 "그런 건 엄마가 알아서 하는 일"이라며 모른 척을 하는가 하면, 그래도 구체적으로 말하자고 하면 "그러고도 니가 엄마냐"는 전혀 엉뚱한 말꼬리를 잡는다는 것.

그러니 결국 이들 부부는 서로를 마주보고 대화하는 대신 TV 예능 프로그램이나 함께 보는 정도로 시간을 보낸다고 했다. 그냥 좋은 것이나 공유하며 살자는 본질 회피하기식의 사고로서.

사실 이런 일은 '시간이 지나면 해결될 일'이라고 하기엔 좀 심각한 문제이기도 했다. 후배의 말처럼 상대방과의 대화가 단일보도 진전될 수 없는, 답답하다 못해 꽉 막힌 구조를 지니고 있기 때문이다. 대화의 선 조건은 일단 경청인데 후배의 남편은 경청의 자세가 되어 있지 않고, 이야기를 풀어나가려고 한들 상식적 대화를 위한 맥락 이해하기가 부족하니 듣는 제3자로선 코미디 같다는 생각이 드는 부분이 종종 있었다. 하지만 당사자는 정말 속 터지는 일이다. 대화의 물꼬를 트려는 노력조차 '너나 하세요'라는 비협조와 반사를 반복하는 셈이니 말이다. 한마디로 결국 얼굴은 잘생겼지만 '무늬만 어른인 이'와 결혼한 비극은 이런 것이 아닐까 싶었다.

그나마 아이를 키우는 젊은 시절에는 이런 갈등을 '시간상 바빠서' 넘어갈 수 있지만 경제적 여유가 생기고 시간적 여유가 생겨 배우자와의 결혼생활이 더 중요해질 중년에는 이건 그야말로 부부관계의 사형선고나 다름 없다. 그래서 다들 그렇게 중년의 위기, 중년의 위기를 외치는 걸까. "니가 아니면 내가 못살 줄 알아? 나도 이제 내 맘대로 하고 살 거야"의 불평을 토로하면서.

그래서 나는 아직 결혼을 하지 않은 '가능성 많은 곰녀'들에게 다시 한번 이 '인문학적 감성을 지닌 남자'를 적극 추천하는 바이다.

그렇다면 여기서 또 중요해지는 것은 그런 감성을 가진 사람을 어떻게 분별하느냐의 일인데, 나는 무조건 '폭넓은 대화와 경험의 공유'를 추천한다. 한 회사에서 신입사원을 뽑을 때도 중요한 것은 종이 한 장에 쓰인 스펙이 아닌 1:1 실무면접이다. 한 어젠다agenda에 관해 찬반의견도 나누어보고, 그 의견에 대한 조리 있는 근거를 들며 상대가 내 말을 잘 이해했는지, 억지스런 답변은 하지 않는지, 그 근거가 얼마나 폭넓게 근거를 갖쳐 주장을 뒷받침하고 있는지 등을 검토해보는 과정 말이다.

내 남자를 감별하는 방법도 이와 다르지 않다고 본다. 가능한 많은 주제를 놓고 대화와 경험을 공유해보자. 뉴스거리도 좋고 내가 설정한 결혼생활의 가치를 언급하며 그가 얼마나 같은 생각을 가지고 있는지 혹은 다른 생각을 가지고 있는지를 점검하는 거다. 데이트도 내가 좋아하는 코스로 하루, 그가 좋아하는 코스로 하루 진행해보며 서로의 취향을 탐색해보자.

이는 시험으로 따지면 장기면접과도 같다. 1일에 끝나지 않는, 6개월 혹은 1년 단위로 길게 이어지는 장기 밀착면접 말이다. 그리고 이렇게 끈기 있게 커뮤니케이션을 진행해야 '나와 맞는 남자인지, 나를 품어줄 수 있는 남자인지'를 체크해볼 수 있다.

사실 결혼 전에는 좋은 일만 많았지, 정말 갖은 난제들을 직면하게 되는 건 바로 '결혼 후'다. 나도 내 남편도 치열하게 싸우다가 가끔 이런 생각을 한다. "정말, 이 인간 AS 받으려고 해도 안 되겠구먼" 이렇듯 한 사람이 30년 가까이 쌓아 올린 품성이란 하루 아침에 변하는 것이 아니기에 당신이란 사람에 대해 능동적으로 반응하고 능동적으로 품어줄 그 사람을 내 스스로 찾아보라는 거다. 단지 외면에만 휩쓸려 내면이 쓸데없는 사람 만날 생각 하지 말고 말이다.

인문학 감성을 지닌 남자를 만나기 위한
안목과 품격 높이는 브랜드 만들기

그래서 난 당신이 지금부터라도 결혼생활의 미래와 품격을 바람직한 방향으로 이끌어가기 위해 상대 남자에게 묻는 질문부터 생산적으로 바꾸었음 한다. "그 남자 잘생겼니?"를 묻기 이전에 "그 남자 인성이 괜찮니?" 혹은 "무슨 취미를 가졌니?" 등으로.

나아가 그가 좋아하는 것들의 단면에서 그의 시야, 깊이, 융통성과 (큰 갈등을 헤쳐나갈 수 있는) 대처능력까지 파악해낼 수 있는 안목의 고급화야말로 내 남자의 질을 달라지게 할 당신의 조건이자 노력이라 생각한다.

그러니 아직도 식스팩 따위에 현혹되어 그 남자의 진실을 들여다보지 못한다면 당장 눈앞의 그 몸 좋은, 마치 사포로 문질러놓은 듯한 새끈한 남자들부터 머릿속에서 잊어라. 아니 지워버려라.

지금부터 당신이 기억해야 할 것은 배 쪽에 장착한 식스팩이 아닌, 당신과의 연애 결혼생활에서 어떤 어려움이 닥치더라도, 기꺼이 함께 헤쳐나갈 감성의 식스팩이다. 그리고 그 감성의 식스팩을 최고로 주요하게 생각하는 것이야말로, 이제 그 무엇과도 대체할 수 없는 알짜배기 남자를 당신에게 선사할 것이다.

"참 '공평하게도' 돈을 내어주시는 그분"

　아무리 남자가 궁해도 절대 만나고 싶지 않다 생각한 유형들이 있는데, '돈에 대해서 참 공평한 분'들이 그런 분들이시다. 야박하다 표현하기엔 아주 돈을 안 쓰는 것도 아니고, 너그럽다 표현하기엔 또 돈을 퍼주는 분들도 아니라 이런 표현이 나오는데, 이분들은 내가 한번 냈으니 너도 한번 돈을 내라는 1:1 각출이 몸에 배어있는 사람들이다.

　나아가 이런 분들은 뿜빠이, 더치페이 같은 단어들도 지금 자신이 데이트를 하고 있는 여자에게 대놓고 하는 경우가 있다. 그런 게 좀 얄밉다는 생각이 들다가도 "남녀는 동등한 거 아니에요? 그러니 동등하게 돈을 내야죠?"라고 하면 또 말문이 막힌다는 게 문제다. 마음속으로는 '정말 웃기고 있네'라고 생각하지만, 말 그 자체로만 보기에는 딱히 "당신 틀렸어"라고 말하기에도 참 어렵기 때문에.

내 친구 '서운지'는 한때 이런 남자를 만나 고민에 빠졌던 적이 있다. 아는 선배가 '정말 괜찮은 남자'라 소개한 남자분이 그녀와 데이트를 이어가는 내내 이런 패턴을 이어갔기 때문이다. 맨 처음에는 운지도 그런 성향을 눈치채지 못했다. 그녀도 딱히 '내가 여자니까 당연히 얻어 먹어야지' 하는 사람은 아니어서 간만에 외모도, 스펙도 딱히 빠지지 않는 이분을 만나 밥을 먹고(그가 밥을 사고), 커피를 마시며(운지가 커피를 사며) 그날의 만남을 훈훈하게 마무리했던 것 같다.

하지만 이렇게 상대를 알아서 배려해주는 여자도 남자의 습성을 의심하게 되는 순간이 찾아오게 되나니, 만난 지 한 네 번째 정도였을까? 어느 정도 서로에 대한 호감이 있다는 것을 파악하게 된 운지와 이 남자. 그래서 그날은 토요일 하루 종일 그 남자분과 시간을 낸 데이트를 했다고 했다. 아침에 브런치 카페에서 만나서 식사, 이후 한강 둔치로 이동해 산책 및 커피, 늦은 오후에는 영화관에 가서 영화를 보고, 저녁 무렵 다시 같이 식사를 하고 보드 게임방으로 이동 등.

운지는 이처럼 참 길었던, 때문에 돈을 내야 할 동선도 많았던 이 남자와의 하루에서 뭔가 이상한 기운을 느꼈다고 했다. 한 장소에서 그 남자가 계산을 하고, 다음 번 장소에서 계산을 해야 할 때가 오면 그 남자분이 일부러 지갑을 꺼내지도 않은 채 옆에서 멀뚱히 서 있었다는 것. 심지어 어느 장소에서는 밥을 먹은 후, 화장실에 가 화장이라도 고치고 오면, 그 남자분은 이미 사라졌고 나가려는 자신을 점원이 잡았다고 했다. "손님, 남자분이 계산하지 않고 나가셨어요. 이번엔 여자분이 계산한다고 하셨는데요?" 하는 말을 들으며.

내가 생각해도 결코 범상한 남자는 아니었다. 때문에 이런 말을 듣고 운지에게 그렇게 좋은 말은 던져주지 못했던 것 같다. 오히려 "야, 너 참 피곤하겠다. 그런 남자랑 진짜 잘 지낼 수 있겠냐"고 재차 확인했으니까. 그리고 이런 내 질문에 운지도 같은 부분에서 고민을 했던 것인지, "사람은 나쁘지 않은데 한두 번 더 만나보고 결정해야지"로 말끝을 흐렸었다.

그런데 나중에, 정말 나중에 운지와 그 남자의 연애상황을 알고 보니 그 남자와 운지는 헤어지는 대신, 어느새 사귀는 사이가 되어 있었다. 그리고 그 사귐과 동시에 그들이 제일 먼저 한 행동은 '커플통장 개설'이었는데, 그 역시 그 남자분의 제안이었다고 한다. "운지 씨와 저랑 사귀려면 데이트 비용이 필요하잖아요. 그 비용을 서로 고민할 것 없이 통장에 적립해서 썼음 좋겠어요"라고 했다는 것.

그리고 그 둘은 한 달에 한 번 말일이 되면 그 커플통장에 얼마나 남아 있는지, 어떤 계정으로 지출이 되었는지를 확인하며 다음 번엔 이 통장에 얼마나 더 넣어서 데이트를 할 것인지를 상의했다고 했다.

그리고 혹시 그 달에 특별하게 챙길 이벤트라도 있으면 그것은 통장의 비용을 쓰지 않고, 서로 지출의 마지노선을 합의해 선물을 주고받았다는 거다. 10만 원이면 10만 원, 20만 원이면 20만 원 선 안에서 선물을 주고받는 정말 지출의 마지노선 말이다. (어떻게 이런 생각을 할까 생각했는데, 그 역시도 그 남자가 제안했다고 한다)

그렇게 운지와 그 남자는 사귀는 동안 한 달 만나고, 한 달 정산하고, 한 달 만나고, 한 달 정산하고의 과정을 반복했는데 오히려 결정적 헤어짐은 이 '정산의 과정'에서가 아닌 '주말에 어디서 만날까'의 사소한 다툼에서 빚어졌다고 했다. 때문에 약 2주간 서로에게 연락이 없었던 그들. 운지는 '그래도 한 번 더'라는 생각으로 이 남자와 화해하려 했으나, 때마침 그 남자로부터 전송된 문자를 보고 결국 헤어짐을 다짐했다 한다. 그 착한 운지도 돌아서게 한 문자의 내용은 이렇다.

"우리 헤어진 거 맞지? 커플통장에 지금 15만 원 남아있는데, 7만 5천원 공평히 송금해줄 테니 입금계좌 불러줘. 당장 송금해줄게."

참 대단한 계산이다. 너무 정확해서 어떻게 반응해야 할지 모르겠고, 너무 대단해서 입이 다물어지지 않는 계산. 그 남자 딴에는 이렇게 데이트를 하는 것이 서로의 경제관념에도 좋고 무엇보다 서로가 서로에게 지나친 사치품을 선물하게 되는 경우가 없어 긍정적이라 생각했을 수도 있겠지만, 이것이 비단 '우호적'이라 느껴지지 않는 이유는 여자와의 만남에서 '이렇게 치열하고 정확하게 계산하는 것'이 그냥 '그 남자의 마음 씀씀이'로 해석되기 때문이다.

한마디로 본인 생각에는 정확하다고 행동하는 것이 여자의 입장에서는 미리 선을 그어놓고 마음을 주는 것처럼 느껴지는 것인데, 우리 한번 생각해 보자. 한 사람이 한 사람을 좋아서 만날 때 과연 그 마음이 내가 생각하는 것만큼 치수 재듯, 계산기 두드리듯 정확하게 맺고 끊어질 수 있던 것이었는가?

아니다. 한 사람이 한 사람을 좋아한다는 건 그야말로 내가 보여주고 싶은 거, 내가 해주고 싶은 것을 무한정 퍼주고 싶은 순수한 마음이다. 그러니 거기에는 '머리'라는 것이 먼저 개입될 수 없고, '수치'라는 것은 더더욱 개입될 수 없다. 어떻게든 이 사람이 마음 상하지 않을까, 어떻게든 이 사람이 내 마음을 알아줄까의 종종거림만 있을 뿐이니.

운지에게는 미안하지만, 그 남자는 그렇게 내 친구에게 반했던 것은 아니었던 거 같다. 그리고 반대로 정말 운지에게 마음이 있는데 그렇게 행동한 것이었다면 '바보' 혹은 '이상하신 분'으로 고민 없이 확정 지을 수 있겠다. 정말 한번 생각해봐라. 세상에 어떤 남자가, 한 여자랑 헤어지는데 미안하다는 말 대신 7만 5천원을 정산해주겠노라 이야기할 수 있는지. 그것도 빨리 송금해 줄게의 멘트까지 남기며.

　그러니 이 코미디 같은 계산을 보며 참 많은 생각을 한다. 운지와 그 남자의 만남이 7만 5천원의 나눔으로 깔끔하게 정리될 수 없듯, 한 사람의 브랜드 가치 또한 수치로 계산될 것은 아니라고. 우리는 값을 매길 수 있는 물건이 아니요, 특히 누군가로부터 애정을 받고 있는 브랜드의 가치란 이미 억만 금을 줘도 대체될 수 있는 것이 아니기 때문이다. 정리하면 브랜드와 브랜드의 만남에 있어서 수치적 계산이 등장한다는 것은 앞으로 펼쳐질 무한 낭만의 이야기를 가로막는 적이자 그 어떤 것으로도 합리화될 수 없는 비이성적 판단이라고 생각한다.

　물론 이 남자에게 변명의 여지를 주어, 그땐엔 무언가를 아끼고자 하는 마음이 잘못 발현된 것 아닌가 하는 생각을 해볼 수는 있겠다. 하지만 그렇게 너그럽게 봐주려고 해도 역시나 당신의 남자로서는 추천하고 싶지 않다. 한마디로 이 남자는 '어리석기 때문에' 이런 행동을 하는 것이고 구태여 이런 남자들을 가까이 할 필요는 없기 때문이다.

　나아가 이런 남자들을 가까이할수록 내 가치만 떨어지게 된다. 그 남자가 마지노선을 정하는 그 10만 원, 20만 원의 계산된 지출비용에 맞춰 그냥 그 10만 원, 20만 원 선의 '여사' 정도로 가치가 떨어지기 때문. 그러니 이런 남자들은 행여 꿈에서라도 만나지 않는 게 옳다. 당신의 가치가 돈으로 계산될 수 있는 것도 아니고, 특히나 '난 이만큼 썼으니, 넌 이만큼 당연히 써'의 물물교환 같은 관계는 더더욱 아니기 때문에, 그 이상한 연결고리는 과감히 끊자는 거다.

치사한 남자를 끊어버리는 냉정하고 단호한 브랜드 만들기

아무리 정 떨어지는 관계도 외면하지 말라고 했지만, 아무리 생각해도 이런 남자들은 사귀지 않는 게 맞다. 그리고 엄밀하게 말해서는 이런 남자들의 행동을 '더 직시하고 피하는 것'이 다시는 이런 남자들과 엮이지 않는 방법이다. 그러니 혹여 오늘 소개팅에서 여자가 차값을 내게 하기 위해 가게 구석에서 구두끈을 묶고 있거나, 밖으로 담배 피우는 척 나가버린다거나, 그냥 멀뚱히 멍 때리는 척 본인 대신 계산해주길 바라는 그 이상한 남자분들을 만난다면, 누가 봐도 좀 야멸차겠지만 한마디 해주는 게 차라리 속시원하다.

"저, 돈 안 내세요? 제가 낼까요?" 그럴 때 민망한 듯 웃으면서 돈 내는 사람이 있다면 '그분은 그나마 공격 않고 보류'. 그럼에도 불구하고 "여자가 좀 돈을 내야 하는 거 아닌가요?"라고 주장을 펼치시는 분이 있다면 "이런 자리 나와서, 제게 차 한잔 값 쓰기도 아까우세요?"라고 당당히 물어보자.(물어본다는 표현보다는 대놓고 쏘아붙인다는 표현이 맞겠지만)

그리고 그렇게 다시는 만나고 싶지 않은 남자들에게, 나의 분노를 뿜어줌으로써, 그런 분들이 어디 가서 또 다른 곰녀를 울리지 않게 방지하는 것도 필요하다.

한마디로 그런 희생적 연대의식도(나를 희생해 공동의 선을 추구하는)

가끔 필요하다. 이 정 떨어지는 남자분들을, 정이 뚝뚝 떨어지는 곰녀들에게서 몇 백만 광년 떨어지게 하기 위해. 그리고 정말 다시는 우리에게 들러붙지 못하게 지구 끝까지 반~사! 시켜버리기 위해.

뿜빠이

경제적 민주주의란 이름으로 오용되는 치졸한 남자들의 수법.
커플통장 개설은 물론 잔고확인까지, 별의별 꼬라지를 마주하게 됨.

오늘, 참 즐거웠어요.

저기, 이대로 가심 안 되죠

네? 그럼…

이번에 차 값 내실 차롄데

애정관계를 돈으로 계산하는 이런 남자들에겐
"좀 꺼지쇼!"의 대찬 일갈을 권함

"그분을, 왕자로, 그냥 봐줄지어다"

나는 좀 '울컥' 잘하는 곰녀다. 한마디로 눈꼴 사나운 건 눈 뜨고 지나가지 못하는 성향을 지녔다. 개중에서도 가장 참지 못하는 것을 꼽으라면 '남자들이 잘난 척하는 것'만은 눈 뜨고 못 봐주겠다. 남자들은 원래 스스로에 대한 나르시시즘이 상당히 강한 동물이다. 때문에 별 것 아닌 것으로도 "난 정말 멋있어"로 도취된다거나 "나 아님 누가 이렇게 할 수 있겠어"의 착각의 늪에 빠지는 경우가 많다.

그런데 이런 남자의 기본적 속성에 더해 행여 외모, 혹은 능력이라도 좀 받쳐준나 싶으면 '차마 눈 뜨고 봐줄 수 없는 잘난 척 신기원의 남자들'이 탄생하나니, 여기에 '다변'이라는 옵션이라도 붙으면 정말 쥐약이다. 쉴 새 없이 자기자랑을 하는 그 고

고한 태도는 마치 한 마리 학처럼 고고함을 가장하되 따발총 같은 쉼 없는 소음을 안겨주기 때문이다.

한마디로 왕자는 왕자들이되 조금 미운 왕자들을 만나는 경우는 30대 이후 더 빈번히 등장한다. 20대에는 그나마 그들이 취업 전이라 돈이라도 없었지, 행여 직업이라도 제대로 갖추어진다면 이미 밉상이 되기 위한 기폭제를 가지게 되는 셈이기 때문이다. 따라서 30대에 접어들며 본격적으로 소개팅 시장에 진출한 당신이 "어머, 이런 남자들은 대체 어디서 등장한 거야?"라고 놀랄 수도 있겠지만 사실 그들은 존재하지 않았던 사람들은 아니다. 그 잠재성은 다분히 있었으되 단지 그 조건이 갖추어지지 못했을 뿐.

하지만 여기서 말하고자 하는 바는 '이런 남자들 제발 집어쳐'라기보다는 '이런 남자들도 눈 뜨고 봐줄 수 있는' 뻔뻔함을 기르라는 것에 더 가까울 것 같다. 특히 나처럼 밉상 짓을 하는 이들을 대놓고 쏘아붙이거나 공격해야 직성이 풀리는 곰녀들에겐 '이런 남자들도 참고 넘어가는 뻔뻔함'이 있어야 인생살기 편하다는 걸 얘기하려는 거다.

내 친구 '김선녀'는 나와 같은 과의 '울컥 잘 하는 곰녀'다. 대학 동기동창인 그녀는 나와 그래서 더 죽이 잘 맞았던 것 같다. 여초 지역에 오래 있었던 사람들은 기본적으로 남자들을 조금 무시하는 경향이 있는데, 사실 나와 선녀가 그러했고, 특히 그 남자가 실력도 없고 인성도 없고 게다가 잘난 척까지 하는 경향이 보인다고 하면 평소 조용조용하던 성격과 달리 좀 헐크로 변하는 성향까지 닮아있었다.

선녀는 그래서 이 부분에 있어서는 나를 정확히 대변한다고 해도 과언이 아닐 정도였으며, 그 성격을 객관적으로 간난히 정리하면 이렇게 이야기할 수 있겠다. 이름은 선녀이되 밉상인 남자들 앞에서는 전혀 선녀가 아닌 무시무시한 파워를 자랑하는 곰녀라고.

가령 이런 거다. 어떤 남자가 소개팅에 나왔다. 그 남자는 나름의 자부심이 굉장히 강한 남자다. 우리 나라 최고의 학부를 졸업한 변호사인데다 집도 잘 살고, 무엇보다 취미도 고상해 클래식 듣기를 좋아한다. 특히 그가 좋아하는 클래식을 이야기해보라고 하면 '어떤 느낌의 곡이요'라는 말보다는 '어떤 작곡가의 무슨 풍의 음악으로서 약 몇 년도에 완성되었는데'식의 아주 장황한 스토리를 가르치듯 말하는 거다. 특히 쓸데없이 혀를 굴리는 영어 단어까지 적절히 섞어서.

그러면 선녀 같은 곰녀들은 마음의 내분이 발생한다. "이 자식 좀 웃기네? 지가 얼마나 잘났는데?"로 시작해 일단 그때부터 눈에 셀로판지 끼우듯 선입견이 생기는 거다.

하지만 이 자식의 문제는 또 있다. 상대가 말할 틈을 주지 않고, 한마디로 교감이란 걸 할 생각을 전혀 하지 않고, 그가 할 말만 한 시간이고 두 시간이고 계속 이어간다는 것. 그래서 선녀도 듣다가 결국 토할 것 같아서 "저기요, 저도 음악 좀 아는데요" 라고 시작한 말이 결국 그에 대한 그녀의 속마음까지 섞어서 말해버리는 거다. 그래서 말을 잇고 잇다 보면 단지 그 남자의 말을 끊기 위해서 시작한 말이 이런 불평의 개요로 끝나버리는 경우가 다수다.

"저기, 알겠는데. 진짜 그냥 알겠고. 그래서 무슨 말을 하고 싶으신 거예요? 음악 얘기? 아님 본인 얘기? 그리고 무엇보다 저 지금 당신 만나서 한마디도 안 했거든요? 그건 인지하고 계세요? 그리고 여기가 당신이 연설하는 자리는 아니잖아요?"

"어머, 정말 이렇게 대꾸했다는 거냐!"라고 놀랄 수도 있는 분들을 위해 어디까지나 '이런 개요'라고 언급했음을 강조하고 싶다. 정말 이런 개요다. 왜냐하면 그 정확한 단어 그리고 문장에 있어서는 다소 차이가 있을 수 있기 때문에. 그만큼 선녀 같은 곰녀들의 속마음이 '폭발한다'는 것은 여우가 아니기 때문에 가능한 것이며, 또 여우가 아니기 때문에 그때그때의 상황에 따라 고저高低가 달라질 수 있다는 것을 대변인처럼 말해본다.

하지만 역시 이런 식으로 살아가는 그 남자의 단점 한 부분에 꽂혀 좋은 남자도 내처질 수 있는 공산이 크기 때문에, 그리고 사실 20대 초반도 아니오 20대 후반, 혹은 서른 중반 전후 연애 적령기의 어른으로서는 이렇게 굉장히 '호불호'를 드러낸다는 것도 사실 성숙된 자세는 아닐 것이다. 그저 이런 남자들에게 '당신 참 웃기는군'이라고 직설을 내뱉지 말고 한번 참아보자는 거다. 숨 한번 크게 쉬고, 호흡을 고르며, 만면에 웃음을 띤 부처님 자세로.

한마디로 나 자신을, 내성이 강한 브랜드로 만들자는 거다. 내성이 강한 브랜드란 조용하지만 참 단단한 브랜드다. 그래서 자신을 둘러싼 변화에 일일이 대응하지 않고, 그 변화들을 유하게 흡수하며 관조할 수 있는 브랜드다. 그 관조가 얼마나 가능한 것인가의 문제가 당신의 인격, 그 브랜드의 품격을 결정짓기도 한다.

가령 "난 1등 브랜드야. 난 참 잘났지롱"이라고 도발하는 경쟁 브랜드가 있다 할지라도, 딱히 기분 나빠하지 않고, 흥분하지 않고, "아, 그래요?"라고 웃으며 얘기할 수 있는 브랜드가 멋있다는 거다. 이런 잘난척쟁이 브랜드들은 간혹 "넌 뭐가 잘났냐. 겨우 그것밖에 못하면서"식의 디스전도 서슴지 않는데 이런 것들에 대해서도 "허허, 그럴 수 있지"라고 표정 하나 변하지 않고 웃어 넘길 수 있어야 그것이 진짜 이기는 것이라는 거다.

물론 무엇이 진실이고 무엇이 진실이 아닌지를 따지며 치열한 설전을 벌일 수도 있겠지만 솔직히 그것이 다 무슨 소용이겠는가. 어차피 당신이 그런 브랜드, 혹은 그런 남자에 대해 아무리 따지고 든다 할지라도 그런 브랜드는 전혀 그 속성을 변화시키지 않는다. 숱한 에피소드들에서 핏대를 세우며 말했듯 사람이란 결국 쉽게 변하지 않는 거니까. 그리고 그게 관성이란 거니까. 그가 고집하는 것들에 대해서는 그냥 '두어라, 말해라, 들어주겠다'는 심정으로 바라볼 수 있는 인격만 되어도 당신은 이미 그 사람보다 더 나은 사람이 되는 것이며, 그런 심정으로 만인을 대해야 그때그때의 상황에 울컥하지 않고 자신의 인격까지 지켜나갈 수 있다.

결국 얼마나 약오르지 않고 자신을 지키는가의 '어려운 숙제'와도 같은 것인데, '남들은 변하기 어렵다'면서도 '우리 곰녀들만은 변했음 좋겠다'고 이야기하는 이유는 그만큼 우리가 '그들보다는 더 나은 인간으로 성장하길' 바래서다. 그리고 어차피 변하지 않는 사람들은 그대로 두더라도, 우린 우리끼리라도 세상을 품을 수 있는 인격적 인간이 되어 보지 않겠냐는 권유이기도 하다. 우리가 울컥하긴 해도 그런 상식은 있으니까. 그리고 화 내지 않을 때 대화해보면 사실 이보다 더 의리 있는 사람들은 또 없으니까.

나아가 우리가 이렇게 불끈하지 않고 관조의 자세로 변화해야 하는 이유는 '더 큰 기회'를 놓치지 않기 위해서다. 유독 이렇게 밉상인 남자들일수록 각 세우고 이야기해 봤자 정말 죽일 듯 달려들며 나를 깎아 내리려 할 테니까. 그런 사람들에게 그런 취급 당해봤자 뭐하겠냐는 거다.

그리고 이렇게 불끈불끈 하는 태도가 몸에 익어버리면 정말로 내가 잡고 싶은 그 남자에 대해서도, 결정적일 때 별 것 아닌 일 때문에 틀어지게 될 불씨를 남기는 것과도 같다.

그러니 지금부터라도 우리를 수련하며 미워도, 울컥해도, 꼴 보기 싫어도 '다시 한 번 참고', '다시 한 번 돌아보는' 삶의 태도를 견지해보자. 그래야 당신의 눈이 더 깊어지기에. 그렇게 더 현명하게 발전할 것이기에.

나를 내성 강한 여자로 키우는
자신을 돌아보는 브랜드 만들기

이소라의 '바람이 분다'란 노래는 언제 들어도 좋다. 가끔 모든 걸 내려놓지 못하겠다면 이소라, 그녀의 음악을 한번 들어보았음 좋겠다. 사랑과 이별에 관한 노래라 생각하면 별 감흥이 없겠지만, 사람이란 동물은 무엇을 보든 무엇을 듣든, 자신의 상황에 빗대어 해석하기 마련이다.

그래서 내가 추천하는 이소라의 '바람이 분다'는 노래는 '헤어짐에 대한 것'이란 본래의 스토리가 아닌 '인생을 관조하게 만드는 듯한' BGM과 소절들로 기억되어 있다. 마치 명상음악을 듣듯 내 삶을 차분하게 반성하게 만드는 듯한 그 느낌, 나아가 '지난 시간을 되뇌어본다'일종의 자기반성, '그대는 내가 아니다'한 브랜드에 대한 포기, 하지만 자신은 그렇게 살지 않겠다는 브랜드적 의지의 문구들은 스스로에 대한 깊은 반성까지 끌어내고 있기 때문이다.

그러니 이렇게 나와 타인에 대한 하나의 성찰을 안겨주는 '바람이 분다'란 노래를 당신도 한번 귀담아 들어봤음 한다. 그 노래의 색깔, 가사들이 어떤 느낌을 줄지, 어떤 감명을 남길지는 사람마다 물론 다르겠지만, 어쩐지 그 해석의 공통점은 '내려놓음'이라는 것에서는 일치하지 않을까 싶다. 이 노래의 변할 수 없는 의미는 바로 그것에서 시작하므로.

"떠나간 그 여자를 환생시키지 않기"

곰녀들에겐 승부욕이 있다. 내 일을 어떻게든 잘 처리하려는 그 자존심 섞인 도전의식은 분명 우리들에게 성장의 자양분이 되어주며 긍정적 기능을 하기도 한다. 하지만 가끔 이 승부욕은 엉뚱한 곳으로 튀기도 한다. 그것은 '나와 타인을 비교하는 질투' 비슷한 것으로 흐르기도 하는데 그래서 등장하는 솔직히 조금 쪽 팔리는 주제가 바로 이것일 것 같다. '내 남자친구의 과거 여자와 현재의 나를 끝없이 비교하는 것!'

'유난희' 언니는 내 대학동창의 친언니입니다. 자매가 같은 대학을 나왔고, 그 대학이 나와 같았기에 우리 셋이 어울려 다닐 기회가 많았던 것 같다. 특히 난희 언니는 굉장히 쾌활한 성격이라

나랑 죽이 참 잘 맞았다. 실없이 농담하고, 맛있는 것 먹고, 재미있는 것 찾아다니고. 단순하지만 취향이 같지 않으면 절대 함께 즐길 수 있는 그런 것들에 우린 동질감을 느꼈다.

그래서인지 난회 언니는 본인이 남자친구를 만나는 자리에 종종 나를 데려가곤 했다. 물론 한 번은 이 남자친구, 다른 한 번은 저 남자친구 식으로 언니의 연애사에 따라 그 대상이 자주 바뀐다는 게 조금 부담스러운 부분이긴 했지만, 그래도 그들은 다 좋은 사람들이었고, 언니 역시 본인에 대한 포장이 없는 사람이었기에 이런 만남 자체가 또 하나의 놀이이기도 했다. 만나면 유쾌하고 얘기할수록 즐거운 하나의 의미 있는 놀이.

그중, 내가 기억에 남는 한 남자분이 있다. 치대생 오빠였는데 '나는 강남에서 잘 자란 모범생이에요'라는 걸 마치 이마에 쓰고 다니는 듯한 반듯한 이미지의 사람이었다. 하지만 그 외모와 달리 성격은 정말 코미디언이어서 말하는 것마다 빵빵 터지는 재미가 있는 분이기도 했다.

그래서 언니도 나도, 다른 오빠들과는 달리 이분에 대해서만은 유독 정이 갔는데 아마 이런 이유로 그날의 사건이 유독 크게 발전되었던 것 같다. 정말 별 것 아닌, 사소하게 지나칠 수 있는 것에 대해, 언니 스스로가 긁어 부스럼을 만든 바로 그 사건.

그날도 우린 신촌에 있는 직은 주점에서 만났다. 평소처럼 막걸리에 파전, 고기튀김 등을 시켜 맛있게 먹고 있는데 서빙을 하던 아줌마가 이것저것 챙겨주다 엉뚱한 소리를 던졌다. "어?

그 잘생긴 남학생이네! 근데 오늘은 그 여자친구랑 같이 안 왔어요? 이분들은 과 친구?" 그러자 오빠의 얼굴이 조금 붉어졌다. "절 아세요? 그 친구와는 9개월 전에 헤어졌는데. 제 여자친구는 지금 여기 앉아 있는 이 친구에요" "아……. 그렇구나. 몰랐네, 미안해요, 미안."

하지만 사실 그 상황은 그 아주머니가 아주 미안해했어야 맞다. 그런 이야기를 한다는 것 자체가 조금 주책없는 데다, 하필 지금 난희 언니와 이 오빠 분이 사귄 지 3개월 만에, 그 9개월 전의 여자친구 이야기를 뜬금없이 꺼낸 꼴이기 때문이다.

언니도 나와 같은 곰녀라서 마음이 동요하고 있다는 것을 딱히 숨기는 성격이 못 되는데, 역시나 난희 언니의 질문이 오빠에게 바로 이어졌다.

"저 아줌마 잘 아나보네……, 그래서 그 여자친구랑 여기 왔었어?" "어. 사귈 때 한두 번 정도 왔었어. 근데 난 저 아줌마 기억도 나지 않는데." "아……. 그랬구나. 근데 너 잘 아는 거 같은데. 겨우 두 번 왔는데 기억하겠어?" "아니, 진짜 두 번 왔다니까. 그리고 그 친구랑 헤어진 이후엔 여기 한 번도 안 왔어. 부침개가 맛있으니까 오히려 너 먹어보라고 데려온 거지." "아……. 그랬구나. 알았어. 근데 그 여자랑 사귄 후에 나랑 바로 사귄 거야? 그 친구랑 왜 헤어진 건데? 아니다. 하하. 이런 질문을 내가 왜 하고 있지?"

그 이후로도 쭉 이런 식이었다. 이해는 하겠다. 하지만 '있잖아', '근데'로 이어지는 난희 언니의 질문은 예전 여자친구의 신상털기로 집요하게 이어지고 있었으니까.

그리고 급기야 당황한 그 오빠는 나에게 잠깐 자리를 비켜달라고 하고 난희 언니와 둘이 나가 한참 이야기했던 거 같다. 혼자 불안하게 약 한 시간 정도를 식은 전을 끄적거리고 있는데 갑자기 언니가 벌개진 얼굴로 혼자 들어왔다.

"야, 가자! 저 자식 아직 예전 여자친구를 못 잊었어!"

그야말로 좀 황당한 전개였다. 누구보다 잘 어울리고 알콩달콩했던 이들은 이렇게 그날로 'The End' 되어버리고 말았으니까. 나중에 난희 언니에게 들어보니 사실 그날 언니의 집착이 좀 과했던 건 맞는 것 같았다. 그 여자친구랑 언제 헤어졌느냐의 질문부터 그 여자는 어떻게 만났냐, 어떻게 생겼냐, 그리고 지금 뭐하고 있냐까지 많은 질문이 이어졌기 때문이다.

그리고 결정적으로 오빠가 이 질문을 회피하기 위해 어느 정도 대답은 해주다, "그런 건 알아서 뭐하냐"고 답하자 제대로 화가 난 거다. 마치 이 남자가 과거의 그 여자를 보호해주고 있는 듯한 착각을 하면서. 그래서 아직 오빠가 그 여자친구를 잊지 못한다고 스스로 소설을 썼기에, 굉장히 맥락 없는 시점에 토라져버린 거다.

정작 그 자리에는 있지도 않았고, 앞으로도 전혀 연락을 해올일이 없는 '과거의 여자'를 소환하면서. 그리고 굉장한 질투감과 경쟁심을 느끼면서. 그래서 결국엔 스스로를 깎아먹는 말과 행동으로 상대를 질리게 하면서까지 정말 끝장을 보고 만 거다. (말하지 않았던가. 곰녀들이 한번 승부욕을 발동하면 정말 그 끝을 보고 마는 게 우리의 생리라고)

멀리서 보면 '정말이야?'를 외칠 약간 웃픈웃기고 슬픈 전개지만, 이것이 정말 사실 그대로의 전개다. 그래서 나중에 냉정히 돌아볼수록 더 안타깝고 안쓰럽기도 한 하나의 전개.

모든 브랜드에겐 '시의성'이란 게 중요하다. 그것은 내가 앞으로 나아가야 할 방향을 알기 위해 현재 내가 어디 있는가를 냉철하게 파악하는 현재의 환경분석이기도 한데, 난희 언니에게는 이 '시의성 인지'가 상당히 부족했던 것 같다.

사실 곰녀들의 불타는 승부욕을 인정하더라도, 나는 그 승부욕이 때와 목적을 알아야 한다고 생각하는데, 난희 언니의 그 '집요하게 과거의 여자를 추궁했던 행동'은 시의성 측면에선 한마디로 꽝이었다. 더 정확히 말해서는 사실 꺼낼 필요도 없는 말이었다. 과거종료된 그 여자를 꺼내면서까지 지금 자신의 화기애애함을 망칠 것은 무엇인가.

반대로 우리 곰녀와 달리 여우들이 잘하는 게 바로 이 '시의성 인지'이기도 하다. 그들은 '지금 굳이 말해도 되는 것이 아니라면, 약간의 서운함 혹은 굴욕감 등은 그냥 어물쩍 넘어가는 전략'을 참 잘 사용한다. 그래서 남자와의 연애에 있어서도 별 것 아닌 것으로 크게 싸울 일이 없으며, 늘 러블리한 분위기가 가득하다. 한마디로 시의성이란 논리에서 볼 때 '잡스러운 과거의 일이 현재의 행복을 해치지 않게 하는 사고구조'라고도 볼 수 있다. 그리고 이는 생각할수록 참 영리한 논리다. 감정이 상할 일도, 상하게 할 상황도 만들어내지 않는 해피한 논리.

그래서 나는 우리가 정말 좋아하는 내 눈앞의 남자와 괜히 투덕거리지 않기 위해, 그리고 그를 놓치지 않기 위해 이런 논리는 좀 배워두는 게 맞지 않을까 싶다. 사실 그렇게 어려운 일은 아니지 않은가. 과거에 집착하지 않는다, 그냥 현재를 충실히 살아간다의 아주 보편적 이야기이기도 하기에.

과거의 인연에 연연하지 않고
나만의 정체성을 가꾸는 브랜드 만들기

난희 언니와 그 남자의 그 후 이야기는 아쉽게도 더 없다. 대신 난희 언니는 그때의 실수를 교훈 삼아 다른 남자와 결혼해 잘살고 있으며 부부관계에서도 몇 번 '내 남편의 과거, 그리고 그 과거의 조각'에 대한 승부욕이 발생할 때마다 스스로 마음을 억제하며 잘살고 있다고 했다.

나도 난희 언니의 이야기를 보며 이후 연애를 할 때마다 가급적 그 '지나간 여자'를 스스로 소환해 화를 내는 일은 극도로 자제했고, 지금 남편에게도 역시 그 자제력을 키우며 살아가고 있다.(정말 이것은 내가 생각해도 엄청난 일이다) 솔직히 말해서 내 남자를 스쳐간 과거의 그녀들에 대해 궁금하지 않은 것은 아니다.

하지만 궁금해 해봤자 지금 현실의 나에게 전혀 이득이 될 것 없다는 것을 이성적으로는 잘 알고 있기에, 그 감성적 궁금증을 꾹 참고 억제하고 사는 것뿐이다. 나의 열성적 승부욕이 지귀처럼 내 몸을 스스로 태워 먹을 수 있음을 알고 있기에. 그리고 그런 사례를 난희 언니 말고도 내 친구들에게서 몇 번 보았기에, 그 경험들을 타산지석 삼아 나의 삶에 묵묵히 적용해 보고 있는 것이다.

그리고 당신 역시 이런 우리의 새로운 결심이자 참을성에 동참해줬음 한다. 가끔은 한쪽 눈 감고, 그것도 안 되면 두 눈 다 감고. 호기심이 일어 열어보고 싶은, 정말 열어보고 싶어 미칠 것 같은 그 '판도라의 상자'를 그냥 그대로 놓아두길 권한다.

과거로 돌아가봤자 그 과거의 여자는 현재에 나타나지 않으니까, 그리고 과거로 돌아갈수록 당신이 오히려 현재 남자의 과거가 되어버리니까. 그러기에 그 이상한 (남들이, 여우들이 절대 이해하지 못하는) 시간의 싸움에 승부욕을 걸지 말라. 오히려 당신에게 필요한 건, 나라는 브랜드의 현재를 소중히 하는, 시의성이니까. 그리고 그 현재를 쌓아 내 남자와 더 행복해질 수 있는 거니까.

상상질투

뜬금포 맥락에서 내 남자의 과거 여자를 소환해
애꿎은 싸움판을 직접 만드는, 참 해피하지 않은 감정적 과잉

이 부침개 맛있다. 그치?

너 그 여자랑 여기 몇 번 왔어?

응? 왜 그런 질문을…

야! 지금 그 여자 감싸는 거야?

좋은 분위기, 괜히 망치지 말자
현재의 관계에만 집중하는 것이 내 속도, 내 남자도 지키는 길!

"'그건 실수이지 않을까요?'라는 오판"

어린이를 '가능성 있는 존재'라고 하는 것은 그만큼 그들이 현재 취하고 있는 행동, 혹은 사고가 얼마든지 정정될 수 있는 가능성이 있기 때문이다. 한마디로 AS가 가능하다. 하지만 어린이가 아닌 어른에게서 이런 후천적 AS가 가능하다고 생각한다면 그건 당신의 오판이다.

이런 드라마틱한 변화는 '우리 아이가 달라졌어요'에서 거의 신적 능력을 보여주고 계신, 오은영 선생님에게도 기대하면 안 된다. 그만큼 어른이 되었다는 것은 습관의 관성화가 생겼다는 것이며 동시에 사고와 행동의 고정화가 진행되었다는 이야기이기도 하다. 그러니 이 긴 서두에서 한 가지 주제를 꺼내 든다면 '어른의 실수는 실수가 아닌 본성이다'라는 말을 하고 싶은 거다.

그리고 그 본성의 하나로 일부 곰녀들이 '실수'로 착각하고 있는 '폭력성'에 대해 언급하고 싶다. 나는 당신의 꿈에서라도 이런 폭력성 있는 남자를 만나길 원하지 않지만 정말 현실은 우리의 마음과 같지 않아 종종 이런 남자들이 현실에 등장하는 경우가 있다.

이 폭력의 카테고리는 크게 언어와 신체적 영역으로 나누어지는데 그 어느 것 하나도 심각하지 않다고 말할 수 없다. 사소한 말이든, 사소한 신체적 가해든 그것은 이미 사소하지가 않은 것이다. 특히 당신이 지금 그 남자와 호감을 쌓아가고 있는 어떤 과정에서 그런 일이 발생했다면, 그 단점들은 결혼 후 그 100배, 1000배가 된다고 해도 전혀 과언이 아니니까.

대학교 시절, 내가 알던 미대생 언니가 있었다. 누가 봐도 미스코리아 진 같은 몸매와 얼굴을 지닌 그녀의 별명은 '미쓰 진'이었다. 또한 풍족한 집안에서 자랐고, 좋은 품성을 지닌 부모 밑에서 자라서인지 사람과 세상을 대하는 태도 역시 상당히 낙천적이고 긍정적이었다.

남들은 큰 소리가 나갈 법한 상황에서도 "괜찮아요. 그럴 수 있지"를 반복하던 언니의 배려심은 확실히 통이 큰 데가 있었다. 그리고 그것이 무한으로 사랑받고 자란 사람의 강점이자 특징임을 알기에 나도 조금은 부럽고 닮고 싶은 부분이었던 것 같다. '아 나도 저렇게 되고 싶다'는 동경심도 발로하면서.

하지만 이런 언니의 이해심이 그렇게 바람직한 방향으로 흐르지만은 않는다는 걸 알게 된 건 언니의 남자친구를 소개받은 자리에서였다.

그때 난 대학교 2학년이었고, 미쓰 진 언니는 졸업반이었는데 학과의 특성상 유학을 가는 경우가 많았다. 언니 역시 유학을 가기 전 '결혼까지 생각하고 있는 남자'를 소개하는 자리였기에, '언니의 남자친구는 도대체 어떤 사람일까?' 하는 굉장한 기대감으로 나갔던 거 같다.

하지만 내가 상상했던 굉장히 점잖고 무게감 있는 사람 대신 잘생겼지만 뭔가 많이 아쉬운 부잣집 도련님이 한 분 나와 있었다. 그리고 그 말을 이어가는 태도는 특이하다 못해 건방졌다. "어, 이 친구가 그 친구?" 하며 다소 말을 잘라먹는 어투로 시작해 대화를 잇다 갑자기 담배를 꺼내 든다. 그리고 자연스럽게 언니에게 눈짓을 하자 갑자기 로보트처럼 언니가 재떨이를 그 남자의 앞에 두는데, 어? 이건 무슨 상황인가 싶었다.

그 이후 그 남자는 말 한 모금, 담배 한 모금이 패턴이었다. 별 영양가 없는 말을 하다, 하늘 위로 담배 연기를 후욱! 또 말을 하다 담배 연기를 상대의 얼굴에 후욱! 와중 언니가 무언가 웃으면서 말했던 거 같은데 (그 남자의 취미가 스노쿨링이라고 하자, 자신은 그 취미를 잘 따라 가지 못한다 했던 아주 평범한 이야기였다) 갑자기 그 남자가 버럭 언니를 향해 소리를 지른다.

"이년아, 니가 뭘 안다고 그렇게 씨부려!" 순간 귀를 의심했지만 분명 욕이 맞았다. 하지만 이 상황을 고의적으로 벌여놓고 갑자기 웃으면서 언니에게 입맞춤하고 나가는 그분. 참 당황스러웠지만 언니가 오히려 웃으면서 변명을 했다. "가끔 말투가 저래. 그래도 알고 보면 참 착한 사람이야" 그리고 그 자리는 그렇게 어영부영 파했던 거 같다.

그런데 한번은 이런 일도 있었다. 학교 앞 정문 옆에 골목길 하나가 있었는데 마침 자취를 하고 있는 아파트 쪽으로 올라가다 그 골목길 속에서 그 남자와 미쓰 진 언니를 본 것 같았다. 남자가 여자를 때리고 있는 듯한 형상이었는데 '어?' 하고 보는 순간 또 갑자기 시야에서 사라졌다. '설마 언니는 아니겠지' 하며 생각했지만, 이후도 내내 그 잔상이 머리에 남았다. 뭔가 불안했다고 해야 할까.

그리고 그 불길한 예감은 역시 들어맞았다. 이후 언니를 만나니 팔 부분이 퍼렇게 부어 있었다. 나는 언니와 제대로 된 대화를 할 수도 없었다. 그 당시의 나는 꽤 어리기도 했지만 그런 일을 아는 체 한다는 게 상대의 자존심 문제로까지 해석되어 그 말을 먼저 꺼내기 어려웠기 때문이다.

언니는 그런 내 심정을 눈치챘는지 연신 이 말을 반복했다. "사람이 살다 보면 실수할 수 있지. 실수할 수 있는 거야. 근데 나는 믿어. 그 사람이 착한 사람이라는 거. 그리고 그런 태도도 고쳐질 수 있다는 거."

그리고 그때의 만남 이후 어느 순간 언니와 연락이 끊겼다. 나중에 메일로 결혼식 청첩장을 받았는데 차마 가지 못했던 거 같다. 결혼할 상대가 그 남자라는 걸 이메일 청첩장으로 확인한 후 뭔가 무서워서. 그리고 정말 정 떨어져서.

사실 이런 이야기의 결론은 해피엔딩일 수는 없다. 결혼한 지 얼마 안 되어 언니가 이혼했다는 얘기가 들렸고 가끔 언니가 보고 싶어 동창회에 나갔지만 안 좋은 소식만 듣게 되었다. 그 남자가 그렇게 언니를 때렸다는 거. 폭력을 견디다 못해 이혼했다는 거. 원래 미국에서 살았는데 이혼 후에는 한국에서 조그만 공방을 하고 있다는 소식 등. 화려한 외모에 선한 웃음을 지니고 있던 미쓰 진 언니가 그때마다 떠올라 마음이 좋지 않았다. '더 좋은 사람을 만날 수 있었을 텐데……'의 생각만 반복하며 무슨 생각도 할 수 없었다.

따지고 보면 어른이 된 우리에게 말도 행동도 단지 실수라 치부할 수 있는 건 없다. 설령 그것이 '정말 어쩌다'의 실수라고 할지라도 그 역시 그 사람 인격의 일부분이란 생각을 많이 한다. 왜냐하면 그 인격은 그 사람의 본성과도 같기 때문이다. 그렇기에 사람에 따라 정도의 차이는 있을지언정 원래 마음에 품고 있던 생각들이 조금씩 얼굴을 드러내는 것과도 같은 거다.

그러니 지나가던 강아지를 술에 취해 정말 개 패듯 때렸다거나, 거친 욕을 습관처럼 섞어 하는 남자들의 이야기를 접할 때마다 나는 그것이 결코 그 사람들이 변명하듯 '단지 실수'라곤 생각하지 않는다. 누구나 피식 웃을 수 있는 실수가 아니고서는 그 폭력성이나 잔인성의 일부가 드러나는 말 혹은 행동들은 그냥 그 사람 자체이기 때문이다. 그것도 결코 내가 고칠 수 없는. 몇 십 년간 축적된 하나의 나쁜 고형물.

그러니 그런 언행, 혹은 행동을 하는 남자들이 '어떻게 그런 성향을 갖게 되었는가'는 굳이 거슬러 추적할 것 없이 (사실 추적해봐야 무슨 소용이란 말인가. 그리고 시간 낭비이기도 하다) 어떤 남자에게서 그런 성향을 조금이라도 보게 된다면 나는 그것을 '실수'라 말하는 지나친 너그러움은 베풀지 않았으면 한다.

가볍게는 이런 경우도 있다. 내 친구가 관심 있어 하던 남자가 있었는데 어느 날 그 친구가 이렇게 말하는 거다. 그 남자가 자주 가는 클럽에 같이 가입되어 있는데 어떤 사람이 고양이를 잔인하게 학대하고 있는 영상을 올렸다고 했다. 솔직히 자신은 그 내용이 너무 충격적이어서 보다가 꺼버렸는데 자신이 관심 있는 그 남자가 그 영상에 '좋아요'란 반응을 남겼다는 거다. 그것도 그 영상에 대한 친절한 댓글까지 붙이면서 말이다. "이 정도의 학대는 학대도 아니지. 내가 더 좋은 영상 보여줘?"가 정확히 그 내용이라 했다.

이 이야기를 듣다가 나는 미쓰 진 언니와 그 남자가 생각나 친구에게 좀 과하게 이야기를 했던 것 같다. "야, 인성이 글렀다 글렀어. 그런 남자는 고양이가 아니라 사람도 그렇게 잔인하게 다룰 사람이야. 웬만하면 마음 접어라. 너 그런 극악무도한 사람이랑 나중에 살 수 있겠어? 그 남자가 그 고양이처럼 너를 대해도?"

진짜 인성과 가짜 인성을 구분하는
남자를 감별하는 심미안 소유 브랜드 만들기

나는 부분의 합이 사람이란 전체의 브랜드를 이루는 것이라 생각한다. 그래서 그 사람의 어떤 일부분도 그 사람의 실체라 말하는 거다. 잘 이해가 되지 않는다면 우리 스스로에게 빗대어 생각해보자.

내가 어떤 사람에게 너무 화가 났다. 하지만 화가 났다고 해도 그 사람에게 취할 수 있는 태도의 마지노선이란 게 있다. 그냥 아무 말 없이 참고 넘어갈 수 있다면 인격자, 조금 화가 나서 논리적으로 대거리를 했다면 그냥 반박 정도. 하지만 정말 그것이 하나의 욕설 혹은 폭력으로 이어진다 하면 그건 그 사람의 대응 태도다.

그러니 내가 만나는 남자에게도 같은 공식을 적용해보자. 서로가 서로의 마음을 알아가는 탐색의 과정에서, 갑자기 이 남자가 뜬금없는 맥락에서, 나에게 화가 난다고 하여 욕 혹은 폭력을 휘둘렀다 치자. 아주 극소하게. 본인은 별 뜻 없었다고 나중에 사과까지 하면서. 하지만 그 역시 그냥 그 사람의 실체인 거다. 그가 어떤 일을 수습하거나 그 사람을 대하는 태도 말이다.

그러니 그에 대해 변명을 붙여주는 건 당신의 실수다. 질이 나쁜 사람을 끊어내지 못하고 어떻게든 자력으로 끌고 가려는 당신의 실수. 그리고 그런 실수는 당신에게 어떤 플러스도 전해주지 못한다. 단지 당신을 마이너스의 영역으로 끌어내리는 악의 구덩이만 있을 뿐.

확실히 세상은 흉흉해졌고, 그 세상 속에 살아가는 사람들도 흉흉해졌다. 우리가 인정하든, 인정하고 싶지 않든. 그래서 비례해 우리 곰녀들에게도 진짜와 가짜를 구분하는 눈, 진짜 인성과 가짜 인성을 가진 남자를 구분하는 데 좀 더 신경써야 하는 시기가 아닌가 한다.

지금 나랑 좋아서 만나고 있는, 그리고 좋은 관계를 유지하고 있는 이 남자의 단점이, 앞으로 살면서 100배, 1000배, 10000배가 된다는 점은 분명하기에. 우리에게는 '매의 눈'으로 내 남자를 관찰할 수 있는 심미안이 필요한 때이기도 하다. 왜냐하면 우리의 인생은 단 한 번뿐이니까. 그리고 그것은 '실수'란 이름으로 거스르거나 돌이킬 수 없는 소중한 것이기도 하니까.

"음, 점쟁이가 올해는 꼭 시집가랬는데…."

나는 '점 보는 것'을 참 좋아하는 사람이다. 대입 후 청년기 팔자가 안 풀려서도 있었지만 기본적으로 누군가에게 내 운을 확인받는 것을 궁금해하고 좋아하는 것 같다. 그래서이지 내가 만난 점쟁이들만 해도 사실 한 트럭은 넘는다.

백수 시절, '과연 취업을 할 수 있는지'의 질문을 들고 찾아갔던, 종로 용비어천가에 거주하던 영매님으로 시작해 길거리를 오가다 만난 타로 점술가들, 그리고 꽤 사주를 잘 본다 소식을 들은 압구정, 신촌, 강남 일대의 사주쟁이들까지. 그야말로 점의 종류라면 신점부터 역학까지 골고루 섭렵한 '점순이'이기도 하다. "태어난 시가 몇 시요?" 하면 "사시"라고 대답할 만큼 이미 전문 용어가 입에 배어 튀어나오는 수준이기도 하니까.

그러니 시집을 가고 싶었던 서른한두 살 무렵 혼자 혹은 친구와 손잡고 들렀던 사주카페만 해도 다 복기가 되지 않을 정도로 많다.

특히 이 시기를 함께했던 내 친구 '국미정'은 점에 대해서는 나를 능가하는 관심과 열성이 있었다. 그녀의 열성은 남자들과의 인연이 풀리지 않던 최근에 이르러서는 거의 절정에 달했다. 그리고 가끔은 그게 '지나친 것이 아닌가' 하는 생각이 들 때도 있었는데, 가령 남자를 만날 기회가 있으면 아직 만나지도 않은 그 남자의 생년월일을 점쟁이에게 가져다 주고(그것도 구글링으로 알아내서) 그와 자신의 미래의 궁합을 미리 점쳐보는 식의 행동을 반복했기 때문이다.

또한 점을 보고 오는 날이면 미정이는 꼭 나에게 전화를 걸었다. 그래서 '국미정'이란 이름이 뜰 때면 일단 냉수를 한 가득 떠와 침대에 기대는 것이 내 버릇이기도 하다. (그녀와의 이야기는 기본 한 시간이 넘기 때문에 행여 이야기를 하다 진이 빠지는 사태를 방지하기 위해서다)

"승주야, 그 남자는 아니고 이 남자를 잡으래" "그 남자는 누구고 이 남자는 누구야? 너 요즘 남자 두 명이나 만나냐?" "어…… 양다리는 아니고, 어쩌다 보니 썸 타는 남자가 두 명이나 됐어. 한 명은 진짜 재밌고, 한 명은 완전 성실남인데 나는 솔직히 재밌는 남자가 더 끌리거든? 근데 내 짝은 성실한 남자라

네" "너 또 점 봤냐? 야! 그냥 니가 좋아하는 남자 만나" "아냐 아냐. 이분 진짜 유명한 사주쟁이야. 나 한 달 기다려서 겨우 봤잖냐. 근데 이 성실한 남자가 내 운을 트이게 해준대. 그 뭐라나……, 내가 화火인데 그 사람이 수水의 기운을 가져 보완을 해준다나. 아무튼 대운이 트일 거래. 이 남자와 결혼하게 되면."

이후 그녀와의 이야기는 두 시간을 더 이어졌던 거 같다. 그녀가 썸을 타고 있는 남자들에 대해 이야기를 해 주는데, 내 기준으로는 재밌는 남자에게 한 표를 주고 싶었다. 은행에 다니고, 유머러스하고, 친구와 같은 야구 구단을 좋아하는데다 선하고 준수한 인물을 가진 그가, 누가 들어도 더 괜찮게 보였으니까.

반면에 미정이에게 운을 가져다 준다는 그분은 일단 그녀와 교집합이 되는 부분이 없었다. 공대를 나온 대기업 직장인. 스펙은 좋은데 공대 출신이라 일단 말주변이 없다는 게 미정이 취향이 아니었고, 딱히 외향적이지도 않아서 집에만 있는 집돌이라는 점도 단점이었다. 기본적으로 운동을 좋아해 밖으로 다니는 미정이와는 전혀 동선이 겹치지 않는 극단적 인물이었달까.

그리고 일단 미정이는 그를 '성실하다'고 묘사하지만 그냥 얼굴에서 느껴지는 성격이 좀 꼬장꼬장하다는 기운도 있었다. 물론 얼굴만 보고 판단하는 것은 내 선입견일 뿐이지만 그래도 나는 '생긴대로 논다'는 것을 어느 정도 믿는 사람이기에 미정이와 그 성실남은 현실적으로는 좀 안 맞는 거 아닌가 하는 생각을 많이 했던 거 같다.

근데 설상가상으로 미정이는 과감히 썸남 중 성실남 쪽으로 완전히 기울었으며 그와 궁합이 좋다고 말해준 그 점쟁이와 문자까지 주고받으며 데이트 코치를 받고 있는 듯했다. (참 세상 좋아졌다. 이제는 점쟁이와 친구처럼 실시간 소통도 할 수 있는 세상이다) 그리고 그와 만난 지 채 3개월도 되지 않아 이번엔 결혼을 진행하겠다고 했다. 미정이가 요즘 친구들이 말하는 금사빠_{금방 사랑에 빠지는 사람}는 아니라 도대체 이게 무슨 일인가 했더니 그녀의 말이 더 당혹스럽다.

"내가 내년부터 10년 대운이 든대. 근데 그 대운이 초반 4년이 아주 힘들다네. 그래서 4년 동안 결혼도 많이 힘들 거래. 해석하면 올해 결혼 안 하면 향후 4년은 솔로라는 건데 지금이 벌써 9월이라고. 그러니 생각해봐. 결혼하려면 올해가 가기 전에 이 사람과 꼭 결혼해야 해. 내가 지금 36인데 어떻게 4년을 더 솔로로 지내냐! 그때 되면 마흔이야, 마흔!"

미정이의 말을 들으며 생각했다. 내가 점쟁이의 말을 따랐더라면 아마 10년 전에 세 번은 더 결혼했을 거라고. 나도 서른 둘에 결혼을 하게 되었지만 사실 10년 전에 결혼을 하라는 점쟁이들의 조언을 숱하게 들었었다. 그것도 인연이 지금 곁에 있다고, 빨리 주변에서 찾아보라는 채근을 받으면서 말이다.

하지만 인연은 무슨 인연? 그 당시 나는 백수였고 백수가 남자를 만날 시간이 어디 있었겠는가. 물론 스터디에 남자 사람 친구들은 많았지만 원래 연애의 무드라는 게 편의점에서 김밥 하나 사먹기 아까운 주머니 사정이라면, 쉬이 그 결과를 꽃 피우기 어려운 법이다. 그래서 그런 말들은 그냥 가볍게 무시했었다.

그리고 그게 또 상식일진대, 지금 미정이는 그 환상의 세계에 너무 빠져 있었다. 마음이 외로우면 귀가 팔랑거릴 법도 하지만, 그 정도가 좀 많이 지나쳐 있달까. 그래서 결국 흥분한 친구의 마음을 가라앉히기 위해 이후 미정이와 전화와 만남을 꽤 반복했던 거 같다. 그녀의 마음을 조종하고 있는 것은 상대 남자의 매력이 아니라 그녀의 허전함이라고. 그래서 그 어디에도 지금 정착이 안 되는 너의 갈대 같은 마음이 역술인의 말로 인해 이상한 선택을 하게 만드는 거라고.

우리는 모두 하나의 사회적 브랜드다. 특히 이런 저런 말들에 많이 신경을 쓰는 곰녀들의 성격을 감안할 때 10명 중 8명의 곰녀는 '점'이란 것에 대해서 자못 심각하게 생각할 수 있다고 본다. 하지만 그런 것들은 어디까지나 하나의 조언일 뿐이라는 것을 인지해야 한다.

그런 조언을 단지 조언으로 내 현실과 맞물리게 할 수 있으면 (특히 안 좋은 상황들에 대한 경계를 내 현실과 이입해 조심할 수 있다면) 그건 단돈 3만 원을 냈든, 10만 원을 냈든 내 브랜드에 대해 반성의 계기를 주고 발전의 기회를 던져주었다는 점에서 하나의 '돈 가치'를 한 거다. 하지만 이렇듯 내 인생 자체를 마치 그 점술에 던지듯 내버려두는 것은 이미 조언을 넘어 내 정체성의 결정권을 넘겨준 거나 마찬가지다.

사실 결혼적령기에는 누구나 내 삶이 뭔가 불안한 것 같고, 더 좋은 사람을 만나고 싶다는 바람을 갖게 되는 것이 사실이다. 하지만 이런 상황을 이어 점쟁이가 내 인생을 결정하듯 내버려두는 건 내 삶에 대한 방기다. 그 점쟁이란 존재는 결국 내 말을 듣고 판단해주는 사람일 뿐이기 때문이다. 내 말에 기대어, 내 얼굴 표정에 기대어, 내 심정을 치유해갈 수 있는 하나의 시나리오를 제시해주는 사람일 뿐이라는 것.

"사주는 그럴 수 있죠. 근데 신점은 어떻게 설명할 거예요?"라고 묻는 곰녀가 있다면, 그건 신점을 과신하는 입장에서의 반박일 테니 "당신이 그렇게 그분들의 말을 믿고 싶으면 그냥 믿으세요"라고 말할 수밖에 없다. 하지만 신점 역시 한 사람의 과거에 대해서는 맞출 수 있되, 내일에 대해서는 100프로 맞출 수 없다고 본다.

(관련 업계에 종사하고 계신 분들께는 실례되는 말일 수 있지만) 방송에 나온 어떤 신점 점술가 역시 비슷한 말을 한 적이 있다. "당신은 올해 운수가 이렇고, 내년 운수가 이래" 하고 제법 무서운 말들을 하다가 "근데 오늘을 어떻게 사는가가 중요한 거야. 그게 내일을 결정하거든"이란 말을 덧붙이며 말이다. 결국 운명이란 결정된 게 아니라는 말도 된다. 사람의 인생, 운이라

는 건, 그 사람의 의지로 변화해 갈 수 있는 것이기 때문에.

운수로 내 운명을 결정하지 않는
주체적 운명개척 브랜드 만들기

다행히 미정이는 정신을 차려 점쟁이가 점지해주었지만 마음은 통 가지 않았던 그 성실남과 결국 헤어지게 되었다. 그리고 이후 자신에게 내내 호감을 가지고 있었던 매력남과 다시 만나 5개월 만에 결혼에 골인했다. 아이러니하게도 10년 대운의 시기 중 4년 간은 재수가 없을 거라던, 그 해의 시작에 말이다.

이렇듯 인생은 '결정적이지 않고, 변수가 있기에' 참 재미있다. 누군가의 말로는 더럽게 운이 형통하지 않을 것 같은 어떤 시기에 의외로 일이 잘 풀리기도 하고, 누군가의 말로는 꼭 귀인이 등장할 것 같은 시기에 오히려 누군가로 인해 낭패를 겪기도 한다. 그러니 이런 신점이니 타로니 역술이니 하는 권위적 단어들을 다 떠나서 이런 '점'은 그야말로 '점'일 뿐이라는 것을 강조하고 싶다. 내가 정말 노력을 하고 있는데 내 운이 어떻게 될 지에 대한 것을 점치는 '보조적 재미'로서 말이다.

그러니 '절대 점을 보지 말라'는 말 대신, 당신의 불안함이 점술이란 간단한 수단으로 잠재워질 수 있다면 오케이! 하지만 그 점술로 내 인생의 어떤 중요한 결정을 의존해버리는 우매한 짓은 하지 말라는 얘기다.

내가 요즘 느끼는 것이 있다면, '노력하면 운수도 변할 수 있다'는 사실이다. 한 나라의 왕이 될 수 없는 손금이란 말에, 허리에 차고 있던 검으로 손바닥을 그어버렸다는 태조 이성계의 일화처럼, 중요한 건 자신의 운명을 개척해야겠다는 현재의 노력과 과단성이 아닐까 한다.

•

그리고 삶은 역시 정해지지 않았기에 재미있는 게 아닐까. '왕후장상이 따로 씨가 있소'를 외친 계급타파의 말처럼, 내 운명에도 '금수저와 흙수저가 따로 있소'를 외칠 수 있는 배포가 필요한 때이기도 하다. 그리고 그런 뚝심이 우리의 운명을 결정짓는다.

제 4 장

정이 뚝 떨어지는 관계도 절대 외면하지 않기
인생에 '혼자 가는 직진'은 없다

"누구를 위해 돈을 아끼는가"

큰 예외가 없다면 우리 엄마들이 대표적으로 '돈 아껴주는 여자' 세대다. 남편들이 행여 술이란 약 기운에 취해 꽃다발이라도 들고 오는 날이면 그녀들이 속으로는 좋으면서도 무뚝뚝하게 던지는 말이 무엇인가. "뭐하러 이런 걸 사와. 돈 아깝게" 그럼 우리 아빠들이 하는 말이 또 뭔가. "아, 당신은 참 속이 깊어. 내 돈을 아껴주는 참 좋은 부인이야"였을까? 아니다. 오히려 그 반대다. "거참, 모처럼 기분 좀 냈더니 흥이 다 깨지네. 다음부턴 내가 이런 거 사 가지고 오나 봐라!" 그리고 실제 그 이후에 아빠가 꽃다발을 들고 오는 사례는 거의 찾아보기 힘들다.

곰녀들이 대접받지 못하는 이유는 이렇게 자신의 감정에 솔직하지 못해서다. '돈'을 주제로 한 드라마, 영화가 대개 치정, 배신, 음모, 권력 등의 소재와 연계되는 이유가 무엇이겠는가. 바로 돈이 곧 욕망이기 때문이다. 그리고 드라마의 결론에서도 그렇듯 그런 욕망을 잘 다스리는 자가 마지막에 웃는 자다. 완벽히 무시하는 것도 아니고 완벽히 제압당하는 것도 아닌, 그 살아 꿈틀대는 감정과 적당히 밀당을 하는 자 말이다.

밀당까지는 바라지도 않는다. 어차피 곰녀들은 돈이란 존재에 대해, 특히 그것을 가져다주는 주체가 남편인 경우에는 "제대로 아껴주겠어"의 완벽한 욕망제어가 가능한 특이한 사람들이기에 오히려 자신의 욕망에 보다 솔직해지라고 말하고 싶다. 괜한 핑계대지 말고, 괜히 마음 상하지 말고, 속으로는 내가 원하는 결과가 돌아오지 않아 '내 맘도 모르면서'라고 구시렁대거나 속상해하지 말고 말이다.

'정다정'은 대학교 선배다. 학교 다닐 때도 직장을 다닐 때도 다정 언니는 많은 돈을 들이진 않았지만 잘 꾸미고 세련된 언니 축에 속했다. 본인이 외모를 예쁘게 신경쓰기도 했지만 혼자 여행을 다니는 운치도 있었다. 그래서인지 내가 고민이 있을 때마다 언니는 속 시원한 해결책을 내어주는 포용력이 있었다. 이런 그녀의 외모, 성품 덕분에 나 말고도 따르는 후배가 많았으니 다정 언니를 생각할 때마다 '멋진 여자, 열린 여성'이란 말은 절로 떠올랐다. 그만큼 언니는 솔직하고, 대담하고, 자유롭고, 무엇보다 본인을 사랑할 줄 알았다.

하지만 다정 언니가 변한 건 결혼 이후부터였다. 그래도 신혼 초까지만 해도 별로 달라진 게 없는 것 같았는데 문제는 아이가 생기면서부터였다. 양육문제로 직장을 그만두게 되며 언니는 굉장한 절약모드로 돌입했으니까. 물론 새 식구가 생겼으니 그에 따라 가계 경제에도 변화가 온 것이겠지만 문제는 그 희생이 고루 분담되지 않고 언니에게 올곧이 '몰빵' 된다는 사실이었다.

대기업에 다니는 다정 언니의 남편은 결혼 전과 후가 달라진 게 거의 없었다. 나와도 같은 연합동아리에서 활동했던 사람이기에 종종 언니의 남편을 공식 회식자리에서 마주쳤지만 오히려 결혼 후 더 빛이 났다. 이번에 산 양복이라며 새 옷을 자랑하기도 했고, 이번 주말엔 필드로 나간다면서 달라진 취미생활을 자랑스레 공개하기도 했다.

그런 그의 모습 뒤에서 희생을 감내하고 있는 다정 언니의 모습이 보였으나, 언니에 대한 언급은 거의 없었다. 반면 결혼 3년 만에 그녀의 집에서 마주한 언니는 그야말로 수도승의 자세로 살고 있었으니, 일단 변화된 얼굴이 눈에 띄었다. 아이 낳고 전혀 피부과 출입을 안 한 듯한 방치된 기미잡티. 세 끼 중 한 끼 겨우 챙겨먹었을 듯한 얼굴과 몸매. 그리고 옷차림은 처녀시절 막티로 입었을 법한 고무줄 늘어진 티셔츠와 촌스러운 몸빼였으니 편하다 못해 뭔가 늘어진 그 모습에 마음이 쓰렸다.

그러면서도 계속 남편과 아이 얘기뿐이다. 그들에게 얼마나 유기농 음식이 중요한지, 애 아빠 돈 아껴주려고 파트타임 아줌마는 진즉에 접었다, 그러면서도 이렇게 돈을 모아 몇 년 안에는 강남에 있는 아파트로 꼭 이사 갈 거라는 등, 다정 언니의 가족과 미래에 대한 수다는 정말 끝날 줄 몰랐다. 하지만 눈을 빛내며 열심히 말하는 그녀 얼굴을 보며 난 이런 생각이 들었다.

반짝반짝 윤이 나는 이 집에서 왜 언니만 어두운 초상화처럼 느껴지는 것일까. 그리고 이런 내 불안함이 현실로 증명된 건 다정 언니의 남편과 함께한다는 그 모임에 다시 참석했을 때다. 그 사이 신수가 더 훤해진 언니의 남편. 웃고 떠드는 식사가 끝난 후, 소규모 무리를 지어 이야기를 하게 되었는데 언니의 남편과 그와 친했던 선배 몇 명이 은밀히 주고받는 이야기를 정말이지 우연히 듣게 되었다.

"야, 너 진짜 좋아 보인다. 다정이가 꽤 내조를 잘하나 본데?"

언니를 칭찬하는 한 선배의 말에 술 취한 그녀의 남편이 답한다.

"꺼억! 야, 무슨 내조는 내조야. 다 내 실력으로 올라가는 거지. 그리고 걔는 왜 그렇게 궁상을 떠냐? 만날 돈돈돈! 피부도 누렇게 떠서 애만 보는데, 이제 여자로서는 하나도 매력이 없어."

충격이었다. 다정 언니의 남편이 어떻게 공식적으로 그런 발언을 하는가에 대해 인격적인가 아닌가를 따지기 앞서 술기운에 드러난 어쩔 수 없는 진심은 그야말로 적나라했으니까. 그리고 동시에 이렇게 부인을 비하하는 나쁜 놈이 탄생한 이유는, 다정 언니의 어리석음 때문이란 생각도 들었다.

따지고 보면 그녀는 가족에게 진실로 최선을 다한 것이 아니다. 자신을 아끼면서 가족과 함께 성장한 것이 아니라 자신을 사랑하지 않으면서, 아니 오히려 버려가면서, 가족 구성원에서 자신의 설 자리를 스스로 잃게 만들었으니까.

한 브랜드가 런칭하고, 성장하고, 영향을 미치는 모든 과정에서 가장 필요한 게 무엇일까. 바로 돈이다. 돈이 없으면 신규 브랜드를 런칭할 생각도 못할 것이고, 그 브랜드를 성장시킬 수 있는 마케팅 예산도 확보할 수 없을 것이며, 소비자에게 브랜드를 더 각인시키기 위한 대중적 행사들도 기획할 수 없을 테니 말이다.

같은 논리로 '나'라는 브랜드를 가꾸기 위해 돈은 절대적으로 필요하다. 그리고 그 돈의 중요성을 잊는 순간 브랜드는 도태될 수밖에 없다. 나를 아끼고, 사랑하는 마음에서 발로된 돈의 투자를 스스로에게 하지 않는 순간부터, 다정 언니처럼 어두운 초상화가 되어버린다는 것.

그래서 나는 매일같이 내가 나라는 브랜드를 관리한다는 생각으로 나에게 투자해야 한다고 본다. 그렇게 좀 이기적으로 살아야 나의 생동감을 유지할 수 있고 무엇보다 나중에 '일시적 보상심리'가 들지 않는다.

한 30년을 죽은 듯 살면서 애들 뒷바라지 하던 엄마들이 나중에 애들 다 키워놓고 가장 많이 하는 말이 무엇인가. "도대체 나는 어디 있었지?"란 회의. 혹은 "지금부터라도 나를 찾아야겠어"라는 활화산 같은 분노가 아니던가. 하지만 대개 이런 일시적 보상심리는 좋은 방향으로 흐르기 힘들다. 갑자기 솟아오른 의욕에 이런저런 시도를 한꺼번에 시도하다 지쳐 떨어지거나, 때문에 더 깊은 우울증의 나락으로 빠지기도 한다. 심지어 그 우울증이 깊어지면 애먼 자식 원망까지 하는데 "저 놈 때문에 내 인생 다 끝났어"란 말도 꺼내 드는 경우가 종종 있다.

공이란 공은 다 들여놓고, 이게 무슨 보람없는 짓인가! 때문에 이 긴 레퍼토리들을 생각하다 보면 이런 결론에 이르게 된다. 내가 나를 솔직하게 사랑해야 타인도 나를 진심으로 사랑하게 되는 거라고. 이것이 다정 언니를 비하하는 남편의 태도를 일방적으로 욕할 수 없는 이유이기도 하다.

그래서 세속적 이야기를 잇자면 우리 제발 '돈 아껴주는 여자는 되지 말자'고 주장하고 싶다. 피부에 잡티 생기면 피부과 다니면서 빼고, 자꾸 뚱뚱해진다거나 너무 말라간다 싶음 식이요법이나 운동을 통해서라도 생기 있는 몸매를 만들자. 그리고 좀 유행한다는 옷이나 가방이 있다면? 가끔은 24개월 할부를 통해서라도 통 크게 질러보자.

미쳤다고? 지금 쓸 돈도 없는데 이런 사치품에 쓰는 비용이 아깝다고? 아직도 그 얘기라면 그냥 나에게 적금을 들 듯 꼬박

꼬박 투자한다고 생각해라. 지금 당신이 당신의 남편과 자식들에게 그러고 있는 것처럼, 나에게도 나의 기분을 변화시키고 가꾸어갈 적절한 물을 주라는 거다.

그런 투자는 단기적으로는 내 기분전환에 좋지만 장기적으론 가족들에게 예쁜 아내, 멋있는 엄마로 인정받아 좋다. 나아가 어느 순간 우울증에 빠지지 않을 당신의 정신적 건강을 위해서도 좋다. 그렇게 나에 대해 공을 들이다 보면, 적어도 30년 후에 갑자기 "나 돌아갈래"를 외치지는 않을 것 같다는 거다. 그리고 그러한 절규를 방지하기 위해 지금부터 부지런히, 미리미리, 변화하고 성장해 가야 한다.

기회가 된다면 한 달에 한 번은 나 혼자 여행이라도 떠나보자. 당일치기 기차여행도 좋고, 비행기를 타고 떠나는 해외여행도 추천한다. 이런 여행의 장점은 내 몸을 쉬게 한다는 것도 있지만 나와 온전히 마주할 수 있는 시간을 갖게 된다는 부분이 가장 크다. 나는 정말 잘 살고 있는지, 또 어디로 달려가면 되는 것인지를 잠시 속도를 줄이고 한번쯤 돌아보게 만드는 계기가 되어주기 때문이다.

그래서 사실 더 어렵기도 하다. 다른 것들에 비해 시간도 돈도 배로 더 들어가는 문제니까. 그리고 한창 애들 키울 나이에 마음처럼 실천이 쉬운 일도 아니니까. 하지만 비례해 힐링 지수는 그만큼 클 것을 자신한다. '고생한 당신, 떠나라!'는 모 광고의 카피처럼 그렇게 돈을 들여 떠나는 순간 진짜 나와 만날 수 있는 거리는 더 가까워지기 때문에. "너 잘 살고 있었니?" 하는 스스로에 대한 위로를 던지며.

나를 위한 투자를 할 줄 아는
건강하고 행복한 내 브랜드 만들기

요즘 광풍처럼 서점가를 점령하고 있는 '돈 버는 엄마'들의 이야기도 알고 보면 자신을 챙기라는 이야기가 주 개요다. 그들은 4:4:2 의 배분을 외친다. '현재의 가족을 위해 4, 미래의 가족을 위해 4, 그리고 현재의 나를 위해 2'. 그리고 덧붙인다. 현재의 나를 위해 2를 투자할 생각이 없다면 나머지 8의 투자는 의미가 없다고. 왜냐하면 그런 것을 위해 달려갈 내 의욕이 뒷받침되지 않기 때문에 언젠가는 비운의 한계에 이를 수밖에 없다는 것이다.

그래서 이번 장은 단지 내 논리만이 아닌 돈을 굴려 성공한 언니들의 말을 인용해 좀더 구체적으로 정리하고 싶다. 곰녀들이여, 우리 '나를 위한 2'의 투자를 절대 잊지 말자. 타인을 위해 아껴주지 말고 부디 나를 위해 의미 있게 돈을 쓰자. 보다 예뻐지고, 건강해지고, 무엇보다 발랄하고 화사한 브랜드 광채를 뿜어내자.

그래서 나의 남편과 나의 자식이 이런 나의 모습을 더욱 자랑스러워하도록, 그래서 더 많은 돈을 투자하게 만들도록, 그 선순환의 구도를 직접 설계해 나가보자. 하여 오늘 혹시 꽃다발을 들고 왔을지 모를 남편에게 우리가 당연하고도 솔직하게 해야 할 말은 바로 이거다. "여보 고마워! 그리고 나 앞으로도 이런 거 많이 받고 싶어!"

"출산도, 모유수유도
절대로 당연한 건 없다"

엄마가 되는 길은 험난하다. 일부 남자들은 여자의 출산에 대해 그것은 '남자들의 군 복무'와 동급이며 심지어 더 쉽다고까지 말하는 경우가 있는데, 이는 참 비상식적이며 말도 안 되는 이야기다.

일단 무엇이 더 힘들고 괴롭냐를 따지기 이전에 그 성격 자체가 다르다. 남자와 여자에게 가장 힘들게 각인되는 경험이 각각 군대, 출산일 수는 있겠으나 적어도 군 복무가 어느 시점에서 '마침표'를 찍는다면, 여성 출산이란 것은 그야말로 '마침'이 없다. 오히려 10개월의 임신 기간을 거치고 출산을 하면 그때부터 참 많은 일들이 시작된다. 심지어 그것은 나를 버리는 것까지 각오하는 희생을 요구하고 나 이외의 관계들^{양가부모 및 친척들}

까지 개입시키게 하나니, 절대 내 한 몸 건사하고 끝낼 수 있는 성격이 아니란 거다.

이런 내 주장에도 불구하고, 곰녀 중 일부는 출산, 육아에 대해 자신들의 가치를 스스로 낮추고 또 지나친 희생의 길로 빠지는 경우가 있다.

자연분만을 할 것이냐 제왕절개를 할 것이냐의 출산 방법을 두고도 당연히 자연분만. 모유수유를 할 체력이 안 되는 경우에도 '몇 달은 모유를 먹여야 아이가 건강하다'고 스스로 강박관념을 가진다.

특히 이런 출산방식, 모유수유의 선택권에 대해 남편이 아닌 시어른이 주기적으로 전화를 하며 감시를 하는 경우도 보았는데, 솔직히 그들이 말하는 정답을 '모성'이란 포장으로 강요하는 것은 모순이란 것이 내 생각이다. '당연함'이란 말들로 감당할 수 없는 것들까지 버겁게 감내해야 하는 순간, 내 안의 행복은 사라지고 이후 찾아오는 우울감이란 이루 말할 수 없이 커지기 때문이다.

나 역시 산후 우울증이 있었다. 제왕절개를 해 애 둘을 낳았고, 그 둘 각각을 약 석 달 간 모유수유를 해서 키웠다. 문장으로 이렇게 적으면 '아 그런가 보다' 하는 전혀 감흥 없는 이야기일 테지만 직접 출산과 육아를 경험해보고 있는 이들이라면 이 문장 속에 숨은 깊고 깊은 감정과 신체적 소모를 절감할 것이다.

겪어본 이들이 아니라면 모를 일이기에, 더 징징거리며 설화하진 않겠다.

단지 말할 수 있는 건, 정말 내가 경험한 그 모든 힘든 시기를 다 더해서, 곱하기 일억만 배쯤 하면 이 시기의 힘듦이 설명될 수 있을 것 같다. 특히 차오르는 모유 탓에 두 시간마다 일어나야 하는 극한 경험을 겪으며 내가 정말 동물이 아닌가 하는 생각도 들었으니까.

그리고 내가 말하고자 하는 것은 "내가 참 힘들었지"도 있지만, 그 과정에서 겪었던 '타인들의 간섭'이었다. 출산 전 수술로 아이를 낳겠다는 말에 남편을 포함한 친정 식구들까지도 '자연스러운 출산'이 좋다며 자연분만을 권했다. 고통을 겪기 싫다는 말에 '아니 될 말'이라며 자연분만에 대한 블로그, 카페, 심지어 어디 뉴스의 줄글까지 문자로 보내줬을 정도니까. 이건 병원에서도 마찬가지였다. 스무 시간 진통을 해도 자궁이 몇 미리㎜ 열리지 않은 내게 간호사는 "엄마니까, 모성의 이름으로 조금만 더 참아보라"며 자연분만을 독려했고, 마침내 모성이고 나발이고 지금 당장 수술하라는 내 말에 놀라 겨우 수술에 들어갔던 기억이 있다.

출산 후 조리원에 가서도 상황은 마찬가지였다. 조리원이란 곳이 어떤 곳인가. 아이를 내 손으로 온전히 보기 전에 약 2주간을 내 몸을 추스르면서, 아무도 방해하지 않는 곳에서 몸을 치유할 수 있는 공간이 아닌가. 그런데 이 공간에서도 그 '당연한 모성'을 내세우는 적들이 등장한다.

좀 쉬겠다 싶으면 "유축은 다 하셨나요?" 하며 모유수유를 강조하는 간호사에, "애를 좀 더 안아주셔야 엄마를 더 따르는 거에요" 하며 아이를 은근슬쩍 맡기려는 이들이 그들. 첫째 때는 나도 뭘 모르고 당연히 그래야 하는 줄 알아 2주 내내 하루 2시간씩만 자며 유축을 하고 아이를 돌보았지만, 조리원에서 나오는 순간 깨달았다.

내가 쉬려는 목적으로, 돈 이백이나 지불하고 온 이곳에서 대체 무얼 한 것이냐고. 그리고 두고두고 이 시기를 후회하며 둘째는 정말 조리원에 맡겨버렸다. '절대적 휴식'을 취하겠다는 내게 간혹 '모성의 이름'을 내세우며 강적처럼 등장한 이들도 많았으나 정말 단호하게 반사해버렸다. 제가 "평생 키울 아이인데 2주 정도는 좀 쉬어야 하지 않겠어요?"라고 대꾸하며. 그래서 다행히 첫째 때보다는 둘째 때 좀 더 몸조리가 되어 조리원을 나올 수 있었던 거 같다.

물론 이 밖에도 설화할 것들은 많다. 완벽한 강요는 아니었지만 조리원을 나와서도 "모유가 좋다더라. 좀 많이 먹여라"는 독려 비슷한 이야기를 시부모님과 통화하며 듣게 되었고 언젠가 모유에서 분유로 바꾸었을 때는 "나는 계속 모유를 먹이는 줄 알았는데, 분유로 바꾸었구나. 그래서 애가 그렇게 살이 쪘나?"라는 말을 들은 적도 있다.

물론 애를 위한 어르신들의 마음을 이해 못하는 것은 아니다. 하지만 여기서는 어디까지나 '주체적 모성'을 스스로 설정하자는 이야기를 하고 싶다. 다시 말해 임신, 출산, 육아에 이르기까지 사회가 생각하는 '당연한 모성의 길'은 일방적으로 강요되어서는 안 된다는 것이다.

그리고 이것은 곰녀들에게도 마찬가지다. 이런 일들은 비단 나와 남편과의 관계를 떠나 나와 주변세력과의 만남, 나와 다른 세계와의 충돌이기 때문에 더 굳건하고 단단해지라 격려하고 싶다. 그리고 그들의 논리를 꺾는 과정에서 다소 되바라지다고 평가 받더라도 너무 착한 사람이 되지 않기를 바란다. 그렇게 착한 사람이 되어봤자 몸 망가지는 건 나 자신이고, 내 몸 망가지는 거 솔직히 나만 알지 그 누가 알아주지 않는다. 그러니 속 답답해지고, 건강 해치면서 '타인들의 주문'에 춤추지 말라는 거다. 처음엔 훌륭한 엄마가 되는 것 같은 착각이 들다가도, 내 몸만 축나 만신창이가 되어버린다면, 정말 악이 담긴 억울함이 배가될 테니 말이다.

물론 이 과정을 기쁘게 받아들일 자신이 있다면 그것까지 말리려 하진 않겠다. 힘든 일을 내 자의로 기쁘게 해쳐갈 수 있다면 그보다 더 큰 복이 있으랴. 하지만 내가 우려하는 것은 '내 의사와 반하는' 일들이다. 남들이 그렇게 한다더라, 너는 왜 예외가 되려 하느냐의 질시 때문에 체면 차리지 말라는 거다.

정말 한 번뿐인 인생이다. 그렇기에 내가 '설득'을 당하기 이

전 '나의 엄마 됨과 그 권리'를 주변에 끝없이 일깨워주는 것이 필요하다. 엄마라서 당연히 해야 하는 일이 아니라, 그 일이 얼마나 어렵고 힘든 일인지 제대로 인지시키라는 거다.

그 논리는 디테일하고 또 단호해야 한다. 그 어떤 연봉으로도 책정할 수 없는 일을 내가 겪고 있으며, 그 일의 책임감이 장기적으로 막중하기에 비례해 내가 이렇게 지금 나 자신을 가꾸는 것이 얼마나 소중한 일인지, 그리고 그것이 장기적으로 아이들에게 어떻게 행복감으로 전해질 수 있는지를 하나부터 열까지 열거하고 생색을 내라는 얘기다.

그런 이야기들은 '엄마이기 때문에 감추고 추스러야 할 것'이 아니라 '적극적으로 열정적으로 커뮤니케이션 되어야 할' 이야기다. 그래야 내 가치가 산다. 그리고 이 끝도 없는 PR이 토할 정도로 반복되어야 내 남편과 주변을 이해시킬 수 있다.

언젠가 인터넷에서 바이럴이 되었던 동영상이 있다. 'Director of operation^{작업을 총 지휘하는 사람}'란 직군을 모집하는 1:1 면접 동영상이었는데, 일단 면접관이 등장해 이 직업에 대해 자세하게 설명해준다.

"업무의 강도는 아주 세고, 가장 중요한 것은 이동성이다. 135시간 동안 서 있어야 하며 몸은 굽히지 못한다. 쉬는 시간 없이 기본적으로 24시간 일주일 내내 일해야 한다. 점심은 먹을 수 있지만 일이 끝날 때만 가능하고 심지어 이 직업은 의사와 세무사를 능가하는 전문적인 기술을 요구한다"고 한다. 여기까지 들은 지원자들은 "미쳤다. 비인간적이다"라는 반응을 보이는데 설상가상으로 이 직업은 연중무휴로 일해야 하며, 월급은 0원이라는 말에 "오~마이 갓!"을 외친다. 그러나 면접관은 지원자들의 이런 반응과 대조적으로 지금 이 순간에도 수십억 명의 사람들이 그렇게 일하고 있다고 단호하게 말한다. 그게 누구냐는 질문에 면접관이 하는 대답. 바로 Mom엄마이라는 거다. 그 대답을 듣자 말을 잇지 못하는 지원자들. 그리고 곧 영상의 말미엔 이런 메시지가 뜬다. "This Mother's Day, you might to make her a card이번 어머니날, 카드를 한번 써보시는 건 어때요?" 비록 상업적 목적으로 만든 바이럴 동영상이지만 그 인사이트만은 결코 가볍지 않다.

조금은 이기적이지만, 지속가능한 모성을 가꾸는 브랜드 만들기

그리고 이 동영상을 보며 추가적으로 드는 생각이 또 있다. 이런 엄마란 이름의 환기, 정말 감동적인 부분이기도 하지만 앞으로는 이런 영상이 '제발 바이럴 되지 않는 세상이 왔으면 좋겠다'는 거다.

세상에서 가장 힘든 직업은 엄마라고 눈시울 붉히는 게 아니라 엄마와 아빠는 이런 역할을 이런 의미로 각자 분할하고 있다는 것을, 비록 재미는 없지만 편안하게 볼 수 있는 내용으로 더 많이 떠돌아다녔음 좋겠다. 그리고 그것이 실제 현실이었음 좋겠다.

그래서 내가 생각하는 엄마는 모든 것을 다 떠안는 사람은 아니었음 좋겠다. 24시간 늘 대기하는 무급의 일꾼이 아닌 가정에서 사랑 받는 아내, 조금은 이기적인 존재가 되었으면 좋겠다. 가족보단 나를 더 사랑하고, 가족보단 나를 더 챙겨서, 스스로도 행복하고 가족에게도 존중 받는 그런 사람. 나의 역할에 대해 감시를 당하는 것이 아니라 오히려 내 눈치를 보게 만들어야 하는 그런 사람. 그런 '지극히 나를 위한 주관적 시선'으로 엄마란 브랜드가 만들어졌음 좋겠다.

왜냐하면 모성은 선천적인 것이 아닌, '민주적인 과정'을 통해 만들어져야 하는 것이니까. 그리고 그 중심엔 반드시 나의 모성을 자연스럽게 받아들일 수 있도록 도와주는 절대적 지지자, 가족이 있어야 한다. 그리고 그런 가족들의 따뜻한 이해와 배려를 통해 나는 내 모성을 더 책임감 있게, 불안하지 않게 끌어안을 수 있다.

한마디로 '엄마로서의 당연함'이란 파시즘을 벗어나는 순간, 내가 감당할 수 있는 더 아름답고 소중한 모성이 등장할 수 있으리라 생각한다.

모성

그 어떤 것도 가능하고 그 어떤 것도 감수하라는
쌍팔년도 감성팔이로 자주 강요되고 남용됨.

출산은 당연히 자연분만
24시간 노동은 기본이죠
엄만데, 힘든 건 참아야지

아주 고혈을 짜내라, 짜내!

모성도 선택이다
딱, 내가 짊어질 수 있는 만큼 모성의 영역을 결정하자

"결혼과 직장을 맞바꿀지어다?"

요즘 같은 시대에 "결혼하면 직장을 관두겠어요"라고 말하는 이들이 많지는 않겠지만, 그래도 이런 경우는 심심치 않게 등장한다. 갑자기 건강상의 문제가 발생했다든가, 직장을 관두고 아예 새로운 것을 시작해보고 싶다든가, 아니면 남편이 주재원으로 발령이 나서 어쩔 수 없이 따라가게 되는 경우 등 말이다. 하지만 이런 사유들은 정말 '어쩔 수 없이' 벌어지게 되는 일들이고, 오히려 결혼과 직장을 굉장히 적극적으로 맞교환하려는 이들이 있다. 바로 "남편 돈으로 좀 편하게 살고 싶어요"라고 외치는 일부 곰녀들이 그분.

안정직은 나와 광고동아리 활동을 함께 한 친구다. 광고란 영역이 단지 동경만으론 일정한 수준에 이를 수 없다는 것은 누구나 잘 알고 있는 사실일 것이다. 엉뚱함, 천재성, 근면성실함이 황금비율로 설정되어야만 비로소 "쟤, 광고 좀 잘하네"라는 인정이 주어지는 가히 신神의 영역이랄까. 그런데 친구 정직이는 이 황금비율에 있어서 확실히 타의 추종을 불허하는 구석이 있었다. 그냥 기획, 그냥 카피가 아닌 '아!' 하는 감탄을 불러일으키는 깊은 울림이 바로 그녀에겐 있었기 때문이다. 그냥 있는 것도 아닌, 정말 탤런트Talent라고 부를 만한 수준의 무엇. 그래서 친구지만 함부로 할 수 없고, 동갑이지만 늘 감탄을 하며 배우는 사람이 곧 정직이기도 했다. 한마디로 정직이는 내겐 스승과도 같은 사람이었다.

그래서 한 순간도 의심한 적이 없는 것 같다. 그녀가 좋은 광고대행사에 취직해, 좋은 광고를 만들고, 또 한 시대를 풍미할 광고의 대가가 되리라는 것을. 그리고 실제 정직이는 졸업 후 백수를 전전하던 나와는 달리 유명 광고대행사에 한번에 취직해 참 열심히 다녔다. 회사에서 별명이 '빌트-인Built-in'이라고 하던데, 마치 고정된 가구처럼 묵직하게 일하는 모습이 호감을 산 것 같았다. 이 소식을 들으며 "역시, 정직이야!" 하는 뿌듯함에 내 친구가 참 자랑스러웠다. 하지만 그녀의 이런 화려한 시절도 잠시, 입사 3년을 갓 지난 정직이가 곧 결혼을 할 것이라는 소식이 들려왔다. 그리고 결혼과 동시에 직장을 관둘 것이란 이야기도 나왔다. "야, 걔가 얼마나 잘났는데 아깝게 직장을 그만

두겠냐?"라고 반박을 했지만, 소문은 실제였다. 그것도 타인이 아닌 정직이, 그녀에게서 직접 그 이야기를 들을 수 있었다. 한 번 만나자고. 곧 퇴사하고 결혼하는데, 내게 직접 청첩장을 전달해주고 싶다고 말이다.

오랜만에 만난 정직이는 좀 지쳐보였다. 나는 안타까운 마음에 결혼을 축하한다는 말 대신 "직장을 관둔다고?" 하는 물음부터 먼저 꺼냈다. 그러자 돌아오는 대답이 의외로 짧다. "광고대행사, 진짜 너무 힘들더라. 그리고 무엇보다 나만 잘한다고 되는 게 아니었어. 이런 아이디어는 광고주가 싫어할 것 같아 안 되고, 저런 아이디어는 현실성이 없어서 안 된다 하고. 이렇게 다 안 된다 하니 내가 뭘 할 수 있겠어? 다 싫어. 이 참에 관두고 그냥 결혼이나 할란다"라고.

그럼 이쯤에서 친구의 설득이 들어가지 않을 수 없다. 직장 3년이 고비다, 누구나 슬럼프는 온다며 적극적으로 말려봤지만, 그녀는 너무 확고했다. 그리고 무엇보다 조금 실망스러웠던 건 정직이의 다음 말이었다. "야, 결혼해서 남편 돈으로 살면 이런 더러운 꼴 덜 보지 않겠냐? 남편이 내 편이고 친구인데 딱히 스트레스 줄 일도 없고. 나도 등 따시고 배부르게 베짱이처럼 살아볼래. 주는 돈 따박따박 받으며."

친구의 선택이니, 그리고 이미 너무 확고한 것 같으니 무어라 대꾸할 말은 없었다. 하지만 내 처지가 당시 백수이고, 그렇게 재능 있다고 생각한 친구가 '남편 돈으로 먹고 살겠다'는 말에 반감이 들어서였는지는 모르겠지만, 결국 나도 좀 떨떠름하게 말이 나왔다. "그래, 축하해! 근데 너 직장 관둔 거 후회할 거 같다."

그런데 말이 씨가 된다고, 정직이가 실제 이 선택에 관한 후회를 하게 된 것은 얼마 가지 못해서였다. 결혼 후 한 3년 반이 지나서였을까. 정직이에게서 전화가 왔다. 벌써 한 아이의 엄마가 된 그녀는 심각한 고민에 빠져있는 듯 했다. 그도 그런 것이 벌써 첫 마디가 굉장히 원론적이다.

"야, 사는 게 왜 이렇게 재미가 없냐" 물론 이 말이 의미 없는 푸념일 수도 있었겠지만, 오랜만에 전화한 친구가 이 말부터 꺼낸다는 건 뭔가 심각한 일이 분명했다. 그래서 정직이의 말을 더 귀 기울여 듣고 싶었다. "왜 그래, 너 무슨 일 있어? 무슨 일 있는지 다 얘기해봐" 그리고 이 말이 계기가 되었는지 그녀는 정말 전화기 너머로 한 10분 간을 통곡을 하며 울었다. 딱히 더 말을 걸 수도, 말을 할 수도 없는 상황이었다. 하지만 그 자신감 있던 내 친구가 얼마나 힘들었으면 이렇게 긴 시간 울음을 토해낼까 싶어 너무 미안했다. 맞다. 그동안 연락이 너무 뜸했었다. 정직이가 결혼을 하고 아이를 낳게 되면서. 그리고 내 백수 기간이 생각보다 너무 길어지게 되면서.

이후 마음을 가라앉힌 정직이와 여러 이야기를 나눴다. 그리고 그녀의 말을 듣다 보니 그 모든 이야기의 핵심은 '그녀의 자존감' 내지 '경제적 자립문제'로 귀결되는 듯 했다. 가령 이런 것이다.

남편이 가져다 준 돈을 통장에 모았다. 그런데 어느 날 남편이 물었다. "통장에 돈이 얼마나 모였어?"라고. 그래서 "한 천 만원 정도?"라고 대답했더니 남편이 신경질적으로 대답을 했다고 했다. "아니, 내가 한 달에 가져다 준 돈만 얼마인데. 그게 말이 돼? 적어도 삼 천은 모았어야 하지 않아?"라고 타박을 줬다는 것.

물론 이런 상황은 서로가 피곤한 상황이 아니라면, 그리고 어느 한 쪽이 좀 눙쳐서 이야기할 수 있는 아량을 지녔다면, 아무 것도 아닌 일이 될 수도 있다. 하지만 소위 '능력있다'고 평가받던 여자가 어느 날 남편에게 이런 핀잔을 받고 있다면 그것은 굉장히 자존심을 깎아내리는 일이 아닐 수 없다. 내 남편이 귀하게 벌어다 준 돈을 탕진하고 있는 듯한 '밥충이' 혹은 '식충이'의 느낌을 지울 수 없을 테니까.

나아가 이런 일도 있었다고 했다. 가끔 아이를 봐주는 친정이 고마워 "여행이라도 보내드릴까?"라고 이야기를 꺼냈더니 남편의 표정이 썩 좋지 않았다는 거다. 그리고 이런 이야기가 한 세 번 반복되자 정직이의 남편은 그날은 정색을 하고 이야기했다고 했다. "웬만하면, 우리 돈 쓰지 말자. 친정 부모님께 나도 고맙지만, 우리 형편에 지금 여행까지 보내드리는 건 좀 어려워. 그리고 당신도 이 정도 집에서 쉬었으면 좀 나가서 돈을 벌면 좋지 않아? 나 혼자 이렇게 힘들게 일하는 게 안쓰럽지 않냐고. 진짜 힘들다. 이 놈의 돈은 왜 이렇게 벌어도 벌어도 빵꾸가 나?"

사실 이 상황에서 빵꾸가 나고 있는 것은 돈이란 물질보다는 한 브랜드의 자존감이라 해야 옳다. 다시 말해 '내 돈'이란 것은 이런 극단적 상황에서 어쩔 수 없이 확인하게 되는, 노동의 대가를 넘은 최소의 자립기반이란 사실이다. 아주 단순하게 생각해 보자. 내가 벌지 않은 돈을 식충이처럼 먹을 뻔뻔함이, 일단 우리 곰녀들에겐 없다. 그러니 일단 외벌이가 시작되면 자기계발, 자기관리 등은 일찌감치 포기하고 욕망의 억제를 시작하는 거다. 더하여 그 욕망 억제의 대상에는 자신을 포함한 가족도 대상이 된다는 점을 간과해선 안 된다. 내 자식, 내 부모에 대한 씀씀이를 과연 눈치보지 않고 쓸 자신이 있는가? 설사 남편이 이렇게까지 소리치지 않더라도 학원 하나, 여행 하나 보내는 것에 대해 몇 번을 고심하게 되는 것은 곰녀들의 인지상정이라 본다.

그러면 또 그 자체에 대한 비관이 시작된다. 내가 이렇게까지 살아야 해? 이런 나를 남편이 얼마나 인정해 줄까? 나중에 혹시 남편과 헤어지게 된다면, 어떻게 먹고 살아야 하지? 그래서 결론은 역시 하나로 통하는 거다. 스스로가 그냥 꾹 참는 것. 조금 치사한 말을 들어도, 조금 짜증나는 상황을 접해도, 경제력이 없는 자신의 미래가 두려워 그 모든 상황을 감내하며 병드는 거다.

나의 주체적 수입을 가지고
나를 위해 투자할 줄 아는 브랜드 만들기

그러니 곰녀들이 자신을 지킬 수 있는 방법은 '최소한의 나'를 세우는 거다. 그리고 그 최소한의 방법은 자본주의 시대엔 역시 돈이라는 점을 재차 강조하고 싶다. '내 돈'이 있어야 만 원짜리 옷을 사 입어도, 주말에 피부과를 가도 떳떳하고, 가끔은 내 부모 단풍여행 보내드릴 수 있어 기쁘고 당당할 수 있다. 나아가 그런 돈이 모여 목돈이 되면 그동안 미뤄두었던 나를 위한 여행, 공부, 작은 투자에 대한 꿈도 꾸어볼 수 있으니, 이런 최소한의 자존심을 챙기는 것은 나의 긍정적 미래를 꿈꾸는 것까지 영향을 미친다.

정직이는 이후 재취직을 하게 되었다. 한동안 경력단절이 되어있었던 상황이라 첫 직장만큼 큰 규모는 아니지만 작고 알찬 광고 부띠끄에서 기획실장 역할을 하게 되었다고 했다. 재취업에 성공한 정직이의 말 중 가장 기억에 남는 것은 이것이다. "내가 돈을 벌 수 있다는 게, 이렇게 행복한 일인 줄 몰랐다. 굉장히 자유롭고 뿌듯하다" 물론 곰녀들의 상황은 각각 다를 것이다. 직장보단 육아, 그리고 그 육아의 생활이 마치 천직처럼 즐거운 분들도 우리 주변엔 분명히 있다. 때문에 그런 분들에게 '지금 당장 일을 나가세요' 하는 것이 이 장의 정리는 아닐 것 같다. 그보다 단지 지금 내 앞의 현실이 좀 힘들어서, 도망치고 싶어서, 결혼과 직장이란 병행할 수 있는 테마를 마치 등가관계처럼 쉽게 교환하지 말라는 거다.

결혼도 현실이다. 특히 자신을 발산하지 못할 때 답답함을 느끼는 곰녀들이라면, 그 현실적 결혼이 나도 행복하고 남편도 행복할 수 있도록 대등한 관계가 되어야 함을 명심해야 할 것이다. 남편의 한마디에, 남편의 표정 하나에, 스스로 움츠러들어 우울증의 바다로 빠지지 않도록, 내가 지킬 수 있는 경제력은 어떻게든 스스로 지키는 게 정말 중요하다. 나를 바로 세워야 세상이 바로 선다. 그리고 그 중심에 '돈'이 있다는 것은 가족 내 민주주의를 세우는 절대적 미덕이다.

"나를 위해 떠나는 여행은 '민주적'일 필요가 없다"

결혼을 하고 아이를 갖게 되면 힘들지만 행복한 순간들이 많다. 딸 아이에게 밥 한술 더 먹이겠다고 쌩쑈를 하다가도 '엄마 사랑해요'란 아이의 한마디에 눈 녹듯 그 마음들이 풀어지곤 하는 게 우리니까. 하지만 이런 행복들도 참 버거워지는 때가 찾아오는데 바로 '엄마'란 이름이 행복감보다 무겁다 생각되는 때가 그 순간인 것 같다.

많은 심리학 서적에서도 얘기하듯 "내가 행복해야 자식도 행복할 수 있다"는 것이 사실은 엄마와 행복이란 단어의 상관관계이기 때문에 혹여 아직도 그 우울감까지 '참아내야 한다. 어떻게든 견뎌야 한다'고 생각하는 곰녀들이 있다면 거기서 잠깐 멈추라고 이야기하고 싶다. 당신의 방황에는 지금 탈출구가 필요한 순간이기 때문에.

그리고 난 그 출구의 하나로 무엇보다 '여행'을 추천한다. 똑같은 가정생활이 지겹게 반복된다거나, 나와 주변환경에 급격한 변화가 생겨 심경에 이상증세가 생기는 등, 당신을 그 '버거운 불안감'으로 떠미는 이유는 수천, 수만 가지이겠지만 여행만큼 그 해소점이 되어줄 수 있는 것도 없다는 말이다.

확실히 여행은 잠시 일상을 떠나 무언가를 온전히 생각할 수 있는 기회를 던져준다. 그래서 여행을 많이 하는 이들일수록 만나보면 뭔가 깊은 생각의 벽을 많이 부딪힌 듯한, 동시에 많은 풍파를 겪고 정제된 듯한, 현자의 느낌을 풍기고 있지 않은가.

여행. 확실히 여기까지는 이상적인 이야기다. 하지만 꼭 이런 여행 이야기를 꺼내면 내 주변의 벽들이 '게임 속 악의 군단들'처럼 우후죽순 등장한다. 시간, 돈, 그리고 무엇보다 내 가족의 동의에 관한 문제들이 그 악의 군단들의 이름이기도 한데, 다수의 곰녀들이 이 현실적 문제들 앞에서 많이 무너진다. "에이……. 내가 뭐 그렇지. 꼭 이렇게까지 비용을 들여서 떠나야 해? 그 돈으로 애들 맛있는 거나 사줘야겠다" 그리고 이럴 땐 남편도 한마디 거든다. "왜 꼭 혼자 떠나려고 해? 그냥 나중에 가족끼리 같이 가자. 이게 다 우리 가족 행복하자고 하는 일이잖아" 사실 이것이야말로 결정적 타격이다.

가족이란 집단으로 개인을 묶어버림으로써 자신의 개인적 행동이 뭔가 불편하고 상식에 어긋난 것처럼 느껴지게 만드는 논리. 그래서 대다수의 엄마들이 양심 혹은 마음의 불편함으로 인해 혼자 떠날 수 있는 그 결정적 기회를 포기한다. "그래 나중에 함께 가지" 하며 스스로를 다독이며.

나에게도 이런 여행에 관한 선택의 기로가 있었는데, 둘째 아이를 낳고 산후조리를 할 때가 그때였다. 둘째를 낳고 뭔가 긴 우울감이 나를 사로잡았었는데, 우울증이란 것이 사실 팔 한쪽, 다리 한쪽이 부러지듯 외형적인 것이 아니라서 그 감정은 어떤 것으로도 설명할 수 없었다.

단지 왜 그런 감정이 들었을까를 생각하면 직장의 공백기(내 인생이 어디로 흘러갈 지 도무지 짐작할 수 없는), 급격히 저하된 체력(팔과 다리에 산후풍이 들어 뼈마디가 시리는데 10kg에 육박하는 아이를 쉴새 없이 들어올리는 건 정말 중노동에 가까운 체력소모였다), 뭔가 못나진 것 같은 자신에 대한 자책감이 그 원인들이 아니었을까 한다.

때문에 남편에게 여행을 떠나보겠다고 했을 때, 정말 하루가 멀다 하고 다투었던 거 같다. 평소엔 자상한 남편이지만 '혼자 여행을 떠나겠다'는 내 의견을 좀체 이해하지 못했다. 남편은 "가족끼리 여행을 가는 게 더 의미 있다. 아이들을 두고 가지 말고 함께 국내 여행이라도 다녀오자"고 설득했으니까. 하지만 그런 여행이 무슨 소용이 있겠는가.

가족과 함께 하는 것이 아닌, 잠시 가족이란 존재를 잊고 오직 나를 위해 떠나는 여행이 내게는 너무 절실했다. 그래서 결코 이해하지 못하는 남편을 달래고, 싸우고, 설득하며 한 달을 기다렸다. 그리고 마침내 그 긴 반목 끝에 결국 나는 오키나와행 비행기를 끊었다.

'내가 왜 그렇게 여행에 집착했을까?'를 생각하면 과거의 경험도 한몫 했던 거 같다. 학생 때 백수시절이 길어 국내여행은 물론 외국여행도 다녀본 경험이 적었던 나였기에, 좀 웃긴 얘기지만 그냥 비행기 타고 멀리멀리 떠나보고 싶었다. 산후풍에 허리가 아파 12시간, 13시간 장시간 비행은 사실 무리였고, 가까운 나라라도 대한민국이 아닌 낯선 곳에 가고 싶다는 열망이 컸다.

그래서 그 비용과 시간이 접점이 된 일본이 내 타협점이자 목적지였고, 훌쩍 모든 것을 다 버리고 떠난 그 여행의 끝에서 나는 전보다 건강해져 있었다. 3박 4일의 짧은 여행기간 동안 몸도 마음도 리프레시가 되었던 것은 물론 나 스스로에 대한 자신감이 부쩍 상승해 있었으니까. 마치 생기있는 산소 혹은 에너지를 꽉꽉 챙겨서 온 느낌처럼, 새로 태어난 기분이었다고나 할까.

오키나와에서 뭐 특별한 것을 했던 건 아니다. 렌터카를 빌려 오키나와 일주를 한 것도 아니고, 서핑 혹은 웨이크보드에 능해 해양 스포츠를 즐겼던 것도 아니다. 그냥 내가 했던 것은 외국의 거리를 구경하고 따뜻한 온천 물에 몸을 담그고, 그러다 심심해지면 가만히 숙소에 앉아서 바다를 바라보곤 했을 뿐이었다. 사실 굉장한 기운이 없으니 몸을 많이 움직이는 것도 무리였고, 계절 역시 겨울이라 화창한 어딘가를 활보하며 다닐 때도 아니었으니까. 하지만 그렇게 정적으로, 움직이는 듯 크게 움직이지 않게 즐겼던 오키나와가 나는 참 좋았다.

여행의 목적은 저마다 다르다고 하지 않든가. 일에 대한 욕구가 있어 부지런히 견학을 다니는 사람이 있는가 하면, 소소한 쉼을 즐기면서 그 쉰다는 것에 편안함을 느끼는 사람도 있다. 내게 오키나와 여행은 후자에 가까웠던 것 같다. 비행기를 타는 즐거움, 낯선 풍경을 바라보는 즐거움, 그리고 내가 어떻게 살아가야 하나 명상에 잠기는 즐거움. 그리고 무엇보다 입을 닫고 세상을 바라볼 수 있는 즐거움이 너무나도 컸다.

주변의 소음에 민감하게 반응하지 않아도 '나'라는 개인만 건사하면 되는 시간은 올곧이 행복했다. 그리고 그런 행복감이 채워지니 비례해 가족들이 더 소중해지고 집이 그리워졌던 것 같다. '내가 벗어나고 싶었던 곳'에서 떠나니 '다시 내가 돌아가야 할 곳'의 목적을 찾았달까. 결국 오키나와 여행은 굉장한 맛 탐험, 멋 탐험으로 채워진 것은 아니었지만 무엇보다 '생기 탐험'에는 큰 도움이 되었다. 내가 어떻게 살아가야 할까에 대한 목적의식을 찾으며.

이기적인 사람이 되는 것보다 더 어려운 건, 가끔 이기적인 엄마가 되는 일이다. 하지만 이기적인 엄마가 되지 못하고서는 결코 행복한 엄마는 될 수 없다. 나를 위해 자못 독재적일 정도의 개인적 공간을 마련하고, 주장하고, 또 떠나보는 과감한 개혁을 실천해야 그 행복을 더 진지하게 음미할 수 있다고 생각한다. 그것은 단지 반사적으로, 의무감에 내 삶을 살아가는 것이 아닌 내 삶의 목적을 스스로 정비하는 것이 얼마나 중요한가에 대한 질문이기도 하다. 그리고 그런 유의미한 인생의 터닝포인트는 늘 내 인생을 더 책임감 있게 바라볼 수 있는 긍정의 시선을 선사한다. 때문에 내 인생의 행복감을 채워줄 그 터닝포인트를 위해 가끔은 민주주의를 과감히 버려보는 용기를 지녔음 좋겠다.

나라는 브랜드가 진전할 수 있는 이유는 어딘가를 향해 굉장히 질주하는 데서 그 동력을 찾을 수도 있겠지만, 더 곰곰이 생각해보면 그 동력을 어떻게 끌어갈 것인가를 생각할 수 있는 '쉼'의 단계를 통해 찾아온다고 본다. 그래서 이런 말도 있지 않든가. 한 보 전진하려면 한 보 멈추어야 한다고.

때문에 역시 '쉼'으로 상통되는 여행에 대해서는 그 어떤 타협도 선행하지 말라는 게 이 장의 요지다. 그 타협이 민주적인 결정으로 이루어진다고 할지라도, 당신의 의사에 반하는 결정은 그 '과정'만으로 민주적임을 담보할 수 없기에. 늘 주장하듯 결국 인생의 목적, 삶의 목적은 '나'다.

그리고 인생을 여행에 비유하듯, 그 여행에서 잠시 멈추어야 할 때를 정하는 것도 바로 나다. 긴 호흡을 위한 짧은 숨 고르기의 시간을 등한시하지 말자. 그리고 그 숨은 꼭 쉬고 가자. 나의 온 몸과 마음을 푸른 생동감으로 채울 수 있는 생명의 숨. 그 어떤 장황한 수식도 필요하지 않은 그 '필요성'을, 그 누군가와 싸워 나가서라도, 나에게 꼭 선물하자.

"엄마의 자격?
인정받는 게 아니라 설득하는 것"

　　대다수의 엄마 세대들이 그랬고 우리 세대의 곰녀들이 가장 저지르기 쉬운 실수는 지나친 겸양의 미덕으로 스스로를 필요 이상 낮춘다는 사실이다. 일례로 우리 엄마들이 자녀들에게 하는 말을 살펴보면 정말 해줄 것 다해주고 희생할 것 다 하면서도 늘 이런 말을 반복하고 있다. "엄마가 못 해줘서 미안해" 혹은 "더 잘해주지 못해 미안해."

　　자식에게 더 퍼주지 못하는 그 모성의 인지상정은 일견 이해가 된다. 하지만 그런 겸양의 인사도 반복되다 보면 실제 상대에게 그렇게 부족한 사람으로 느껴지게 한다는 부작용이 발생하기도 한다.

　　난 이런 사례들을 통칭해 '지나친 겸손의 비극'이라 부르고 싶다. 파블로프의 개 실험처럼먹이를 줄 때마다 종을 흔들었더니 나중엔 종만 흔들어도 침을 흘렸다는 훈련과 인지의 상관관계 실험 반복된 말의 겸손이 상대로 하여금 나를 진심으로 부족한 사람으로 인지하게 만든다는 것이다. 덧붙여 이것을 비극이라 칭하는 것은 막상 이런 평가를 받았을 때 곰녀들은 지속된 분노와 스트레스를 껴안게되기 때문이다. "내가 이렇게까지 했더니 이제 와서 한다는 소리가 어쩌고 저째?" 하는 본심의 소리가 언젠가는 등장하기 때문이기도 하다.

그러니 제발 그 겸손 따윈 집어치우고 우리, 우리가 하는 행동에 대해서는 제대로 어필하고 제대로 평가받자. 그 반복된 겸손으로 인해 나도 남편도 서로 행복하지 않은 마이너스의 결론만 서로 남기지 말자는 말이다.

내 첫 직장선배인 '주노라'는 전형적인 곰녀 스타일로 직장에서도 평소 궂은 일을 도맡아 하며 본인의 공을 내세우지 않았다. 그런데 이런 곰녀들의 특징이 안팎이 크게 다르지 않다는 것인데 실제 가정에서의 그녀의 스타일 또한 비슷한 것 같았다.

특히 아이를 키우는 워킹맘으로서 그녀와 동질감을 가지고 이야기하다 보면 스스로의 노력을 비하하는 듯한 이런 대목들이 등장하곤 했다. "이번에 첫째가 유치원에서 소풍을 가는데, 좀 특별한 도시락을 만들어주고 싶어 밤새 이걸 만들었어" 하며 사진으로 그녀가 만든 도시락을 보여주는데 코끼리, 토끼, 강아지 모양의 주먹밥이 여간 귀엽지 않다. "우와, 이거 다 선배가 만들었어요? 진짜 대단하다" 하고 칭찬을 하면 한창 신이 나서 얘기하다가도 갑자기 한숨을 쉰다. "별거 아니지 뭐. 다른 엄마들은 더 잘 만들더라고. 나는 요리도 안 배우고 뭘 했나 몰라"

또 한번은 거울을 들여다보며 인상을 찌푸린다. "30대 관리 잘한 애 엄마들이 웬만한 20대 여자들보다 낫던데…… 나는 피부며 몸매며 이제 자신이 없어", "선배, 운동도 일주일에 세 번은 꼬박꼬박 다니지 않아요? 선배 몸매 좋은데, 피부는 말할 것도 없고. 나처럼 좁쌀 여드름 피부 아니라서 피부과 다닐 필요도 없겠구먼" 그러면 진짜 선배는 자신을 괴롭힌다. "아니, 난 진짜 부족해. 부족하다고"

그녀의 이런 징징거림은 그야말로 약과인데, 애들 이야기가 나오면 세상에 이렇게 나쁜 아내, 엄마가 없다. 경제활동을 하는 자신의 공을 치하하는 것 대신 입주도우미에게 24시간 아이들을 맡기는 것에 대한 자책감을 표현하는가 하면, 매일 아침 남편에게 고작 된장찌개만 해준다며 본인은 나쁜 부인이다. 거의 자신을 몹쓸 인간으로 표현한다. 사실 된장찌개가 얼마나 훌륭한가. 나는 후레이크도 안 말아주는데.

여튼, 이런 징징거림에는 일종의 패턴이 있다. A. 지나칠 정도의 자기 비하 ⇨ B. 상대의 위로와 칭찬 ⇨ C. (말은 하지 않지만) 스스로에 대한 뿌듯한 안심.

한마디로 진짜 100프로의 속내가 아닌 말들을 던지고 그 말들 속에 '부족함'을 가장한 '자신의 장점'을 던짐으로써 상대에게 자신의 노력을 재차 확인받고, 훈훈하게 대화를 마무리하는 삼단구조가 바로 그것이다.

하지만 이런 삼단구조는 어디까지나 그 행간의 속뜻을 캐치해줄 수 있는 섬세한 여자, 혹은 그런 여자의 감성을 상당히 많이 소유한 남자들하고만 공유할 수 있다. 보통의 남자는 말하고자 하는 진의를 전혀 이해하지 못하고 단지 표면적 단어들에 머물러 어리석게도 사태를 더 키우는 경우가 있기 때문이다. 가령 그날 노라 선배가 남편의 행동에 분노했던 것처럼.

그날은 선배가 씩씩대며 들어왔다. 이야기를 들어보니 선배의 남편이 추석 때 그녀가 평소 했던 말을 그대로 전한 것이 시발점이었다. 누가 "너네 식구 요즘 어떻게 사니?" 정도로 안부를 물은 것 같은데 딱히 할 말이 없어서 평소 노라 선배가 반복했던 말을 남편이 말한 게 문제였던 거 같다.

그녀의 요리 솜씨가 얼마나 부족하며, 애들에게도 얼마나 헌신하지 못하는지, 게다가 몇 푼 되지도 않은 돈을 버느라고 혼자 티도 안 나게 애 본다는 식의, 그녀가 평소 귀에 못이 박히도록 했던 이야기들이 이 남편 분의 입장에선 그냥 자신도 모르게 술술 튀어나온 거다.(마치 주입식 교육처럼 들은 그 말이 엉뚱한 곳에서 배포되었다는 단점이 있긴 하지만)

하지만 그것을 나중에 들은 당사자는 기분이 좋았을 리가 없다. "이 남자가 사람을 뭘로 보고······." 하며 씩씩대는데 그 얘기를 듣는 나는 선배의 마음이 이해되면서도 한편으론 이런 생각을 하고 있었다. '그러니 선배, 이제는 제발 좀 솔직해지면 안 될까요?'

자기절제와 지나친 겸양이 미덕이 되는 시대는 이미 지났다. 자기 PR을 제대로 못하면 잘 있는 인격도 폄훼되는 시대다. 하물며 '기억은 기억'이라고 콕 짚어 말해줘도 한 귀로 넘겨 들을 남편들에게 왜 스스로를 낮추며 자기 살 깎아먹는 이야기를 하는가. 같은 말을 해도 "난 이렇게 도시락 만드느라 진짜 애썼다"라든가 "워킹맘이라 힘이 들긴 하지만 그래서 몇 배로 더 노력하고 있는 거 알지?" 등, 자신의 노력을 표현하면서도 그것이 결국 나만을 위한 것이 아니라는 식의 긍정적인 발언을 도대체 왜 못할까? 부끄러워서? 민망해서? 내 자랑하는 것 같아 좀 창피해서?

이걸 브랜드 언어로 옮기면 이거다. '내 성격이 내 평판을 만든다'는 것. 주변의 여우들을 보면 '어머, 저런 것도 자랑해?' 싶을 정도로 별 것 아닌 것들을 포장해서 이야기한다. 학교 때 보면 꼭 그런 친구들이 있지 않은가. 잘난 것도 별로 없는데 뭐가 저렇게 자신감 있을까? 하는 사람들 말이다.

꼭 이런 애들이 학창시절엔 그다지 뛰어나지 않아도 사회에 나가면 잘 풀릴 확률이 높다. 자신에 대한, 자신이 한 것들에 대한 조금 오버다 싶을 정도의 포장을 사람들에게 반복 학습시키는 효과가 있기 때문이다. "쟤, 뭐야"가 반복되다 보면 "쟤는 저런 애"가 되고 '저런 애'는 또 '저런 애'에 맞게 어느 순간 대접받게 된다. 처음엔 아주 사소한 것 같지만 그런 행동들이 쌓이고 쌓이면 어느새 '나'라는 사람은 그런 행동들이 구성되어 보여지게 마련이란 것이다.

모 철학자의 말을 빌자면 '순간의 합이 나를 만든다'는 논리. 그만큼 나에 대한 주위의 평가는 내가 어필해 만들어가는 것이다. 동화 인어공주에서 인어공주가 자신이 좋아했던 왕자와 결혼하지 못한 가장 결정적인 이유가 무엇인가. 기껏 왕자를 구해주고도 "내가 구해줬어요"라는 말을 적극적으로 어필하지 못해서다.(그녀가 두 다리를 얻는 대신 목소리를 잃었다는 사실에 주목하자) 그리고 정말 언제 나타났는지 모를, 본인이 왕자를 구했다고 주장하는 공주에게 왕자를 빼앗겨 결국 물거품이 된다. "나는 왕자님이 행복하면 그걸로 족해요"라는 신파적인 멘트를 남기면서.

자신이 한 일을 제대로 평가받는
'가정 CEO'로서 인정받는 브랜드 만들기

이런 현실 속 이야기, 동화 속 이야기를 종합하다 보면 이런 결론이 나온다. 내 성격이 내 평판을 만들고 내 성격이 내 팔자를 만든다. 이 아무것도 아닌 듯 하지만 사실은 정말 중요한 이 논리를 당신이 제대로 기억해줬음 한다. 당신에게 '자기 내세우기'가 익숙지 않더라도, 그리고 그런 상황들이 스스로 조심스럽고, 조금 뻔뻔스럽다고 느껴지더라도 내가 한 일들만이라도 그냥 그대로 인정받을 수 있게 나의 평판을 제대로 관리해가자는 거다.

"나는 오늘 가족들을 위해 이런 일을 했어요", "나는 오늘 당신을 위해 이렇게까지 생각했어" 등의 이야기를 구체적으로, 또 정기적으로 남편에게 전하고, 아이들에게 전하고, 시댁과 친정에 설파하라. 그것이 내 가치에 대한 누적의 플러스가 된다.

가족이란 것도 결국 내가 어떻게 포지셔닝 할 지를 스스로 연출하는 집단이니까. 그리고 그 집단의 핵심멤버이자 CEO로서 제대로 인정받는 것도 당신의 진정한 기쁨이 될 것이다. 이것은 그 누구보다 인어공주란 동화를 싫어했던, '물거품'이 되길 거부하는 나를 향한 주술적 주장이기도 하다.

"내가 이 집을 제대로 꾸리고 있는, 노력하고 있는 멤버라는 걸 확실히 알아주세요!"라는 독보점 존재감을, 오늘부터라도 확실히 던져보자는 것. 누구와? 바로 당신들, 곰녀와 함께!

겸양지덕

괜히 천사인 척 했다가 나만 헌신짝 되는 화법.
일순간 피가 거꾸로 솟는 듯한 '욱'이 발동할 수 있으니 주의!

여보, 아침밥 챙겨줘서 고마워
아니에요, 제가 부족하죠

맞아, 당신 좀 부족하지
뭐라고, 이놈아!!

성격이 팔자를 만든다
솔직하게 주장하고, 당당하게 인정받자!

"딸 같은 며느리가 되고 싶다는 아주 헛된 욕망"

곰녀들은 꿈을 꾼다. 그 꿈은 현실과 정직하게 부딪히는 원동력이 되기도 하지만 현실감각이 조금이라도 엇나갈 경우 망상이 되기도 한다. 개중 가장 망상 중의 망상을 꼽으라면 이런 것일 듯하다. "딸 같은 며느리가 되고 싶어요!" 결론부터 이야기하겠다. 제발, 진심으로, 꿈 깨시라!

딸 같은 며느리가 되겠다는 말은 이미 그 전제가 틀렸다. 딸과 며느리가 어찌 동급일 수 있겠는가. 내가 열 달 동안 뱃속에 품고 있었고 몇 십 년을 별의별 일을 다 겪으며 키운 내 자식과, 어느 날 내 아들과 짠 하고 손잡고 나타난 며느리가 절대 동급일 수 없다. 한마디로 애정의 출발선이 동일하지 않은 것이다. 때문에 '딸 같은 며느리가 되고 싶다'는 말을 냉정히 해석하면,

며느리 입장에선 '시어머니께 딸처럼 잘해드리겠다'는 의지의 표명은 될지언정, '시어머니가 나를 딸처럼 보듬어줬음 좋겠다'의 혜택은 성립하지 않는다. 딸처럼 잘해줄 의무는 있되, 딸처럼 대접받을 권리는 없다는 말이다.

그럼에도 불구하고 이 말을 아직도 오인하여 '딸처럼 대접받을 권리'를 찾는 일부 곰녀들이 있는데, 무릇 인간관계가 기대가 크면 실망도 큰 법. 만약 당신이 시댁에게 서운한 감정을 품고 있다면 이 전제부터 점검해보는 게 어떨까 싶다. 아니면 본인은 너무 잘하는데, 시댁은 나를 돌아보지 않는다는 식의 논리에 빠져 스스로를 볶고, 주위를 원망하고 있을 테니.

내 친구 '서정은'은 또래 친구들보다 5년 정도 먼저 시집을 갔다. 대학 졸업을 하자마자 당시 사귀고 있던 의대생 남자친구와 결혼을 한 그녀는 결혼식에서도 예쁜 공주처럼 환하게 빛이 났다. 결혼식에서 그녀를 본 사람들은 "신부가 어쩜 저리 곱냐"고 칭찬을 아끼지 않았고, 내 친구 역시 좋아하는 사람과 함께 일찍 정착하게 된 점에 대해 행복감과 감사함의 마음을 가지고 있었다. 그리고 몇 번이나 "난 정말 우리 남편, 시부모님께 잘할 거야. 동화 같은 얘기만 만들어 갈 거야" 하는 결심을 말하곤 했다.

그 결심이 정말 너무 순진한 생각에서 비롯되었다는 것은 나중에야 알게 된 사실이었지만. 결혼한 지 한 이 년 지난 후였을까? 굉장히 오랜만에 정은이를 만났다. 정은이는 이제 누가 봐도 새색시 티가 날 정도로 가정생활에 성공적으로 정착한 듯 보였다. 하지만 이런 내 생각과 달리 그녀는 결혼생활에 대한 불만이 있었는데, 그 대상은 다름 아닌 시댁이었다.

요지는 이렇다. 그녀는 시댁에 굉장히 잘한다는 것. 가까운 곳에 거주하고 계신 시부모님께 한 달에 두 번 정도는 꼬박꼬박 인사 가는 것은 물론, 집안 경조사가 있을 때도 직접 음식을 차려 시댁에 가져다 드린다는 것. 그리고 시부모님 생신 때는 거금을 들여 명품백을 사드리는가 하면 연말 혹은 연초에도 그분들을 모시고 해외여행을 다녀왔다고 했으니, "근데 그게 뭐? 진짜 잘 지내고 있는 거 아냐?" 하는 말에 정은이가 답하는 불만은 바로 이거다.

"그게 아니야. 이렇게 나만 잘하면 뭐하니? 시댁에선 전혀 나에게 관심이 없는데."

이어서 이어진 그녀의 말. 본인이 그 정도 하면 자신의 생일에 미역국이라도 끓여 먹으라고 용돈이라도 주셔야 하는 거 아니냐. 임신했을 때도 그냥 축하한다가 아니라 옷이나 명품백 등 선물이라도 보내주셔야 하는 거 아니냐. 그리고 친정 엄마가 손주들을 다 봐주셨는데, 고맙다는 인사도 없고, 아기를 잘 키우리고 격려해주거나 생활비를 보태주시는 것도 없다. 두 분 다 약사라서 사실 못 사는 분들도 아닌데, 아니 오히려 자신들보다 잘 사는데 왜 이렇게 나와 내 자식의 양육에 대해서는 모르쇠냐.

그러면서 본인 친구 이야기가 나온다. 그 시댁은 다달이 며느리 용돈도 주고, 아이들 책 사라 장난감 사라, 학업비 명목으로 따로 보태주고, 그러면서도 한 달에 한 번 정도는 꼭 시아버지가 며느리를 대동해 백화점에 간다. 그리고 예쁜 옷, 화장품을 사주는 것은 물론 맛있는 점심도 함께 먹으며 재미있게 데이트도 한다. 너무 멋있지 않냐. 나는 이런 걸 꿈꿨다. 그런데 우리 시댁은 만날 나에게 "우리 집은 잘 산다"고 자랑하면서 돈 한 푼 보태주지 않는다. 정말 야박하지 않느냐? 하는 것이 그녀의 긴 이야기이자 푸념이었다.

물론 친구의 마음이 이해 안 가는 바는 아니었다. 원래 시집 간 친구들이 시댁 좋아하는 경우는 많지 않으니까. 그리고 개중엔 정은이가 표현한 시댁과 며느리의 관계처럼, 정말 복 터진 친구들이 있어 매달 시댁이 용돈도 주고, 반찬도 해주고, 애도 키워주시는 경외스러운 분들이 있긴 하다. 하지만 다수는 '기대에 차지 않는 시댁의 처신'에 서운함을 표현하는 경우들이 많다.

그렇지만 며느리에게 진주세트, 모피를 혼수물품으로 지정해 바랐다거나, 이제 막 중학생이 된 시동생을 며느리보고 키우라고 했다거나, 전업주부인 며느리가 집에서 편안히 있는 게 싫어 매일 점심을 차려 내라 현관 비밀번호를 누르고 들어온다는 악질 시부모님들 이야기와 비교해서는 정은이의 시부모님은 아주 '양반'이신 수준이었기에, 딱히 무어라 할 이야기가 생각나지 않았다. 그리고 남의 집 애기에 감 놓아라 배 놓아라 하는 것만큼 상대를 마음 상하게 하거나 스스로 우스워지는 일이 없기에 당시엔 정은이에게 딱히 조언을 주지 못하고 헤어졌었던 거 같다.

하지만 막상 내가 결혼을 하고, 스스로도 시댁과 크고 작은 감정적 충돌을 겪다 보니, 만약 그때 그 시절로 다시 돌아간다면 정은이에게 해줄 수 있는 말이 있을 것 같다. "시댁에 너무 잘하려는 너의 상태를 변화시키면 마음이 편할 것"이라고.

왜냐하면 시댁에게 '잘한다'는 것은 어디까지나 스스로에 대한 만족감 그 이상도 이하도 아니기 때문이다. 그리고 그냥 본인이 감당할 수 있는 수준에서 시댁에게 예의를 표하고, 그 예의를 표한 이후엔 보답에 대한 기대를 접어야 한다. 그런데 "내가 이렇게 하면 상대 쪽에서 이렇게 해주겠지"의 생각을 마음속으로 늘 품고 있으니 그 관계가 결코 쉽지 않다는 논리와도 같다.

특히나 우리 곰녀들은 "착한 며느리, 좋은 며느리"의 그 '착한' 혹은 '좋은'의 수식을 위해 부단히 노력하고 있기에, 그 노력으로 소모되는 감정이 너무 크다. 너무 잘하려는 생각 자체를 접고 시댁을 대해야 그게 초반 우리의 포지셔닝이 되는 것이오, 그런 행동들이 쌓여 '한 명의 며느리'로서 브랜드를 형성하는 것이다. 처음부터 너무 잘하려고 했던 욕심은 어느 순간부터 장기적으로 지속될 수도 없고, 서운함만 쌓아가기 때문에 '장기적 포지셔닝'이 될 수도 없다. 더불어, '완벽히 착한 며느리'로의 브랜드도 만들 수 없다. 다시 말해 "이쯤이면 나의 노력과 희생을 알아주겠지"란 생각을 품으면 그것 자체가 이미 오산이오, 잘못된 전제라는 것이다.

직장에서 정을 찾지 말라는 말처럼, 시댁은 나의 친정만큼 당신을 뼛속까지 이해해주는 곳이 아니다. 그냥 그 세계는 '내가 잘하면 그만이오, 못하면 못할수록 욕 먹는 곳이다'라고 생각해야 편하다. 앞서도 말했듯이 그 시댁 구성원들이 굉장히 나빠서, 질이 안 좋아서, 이런 개념이라기보다는 남편으로 연결되어 만나게 된, '나와 한 다리 건너서의 관계'이기 때문이다. 그러니 결정적일 때 결국 시댁은 나의 편이 아니라 남편의 편을 드는 것이고, 나의 편이 아니라 그들간의 편을 들고 있는 것이 아닌가.

그 관계를 서운해하지 말고, 인정하고, 또 그에 맞추어 나도 내가 할 수 있는 만큼만 잘하라는 거다. 반대로 생각하면 나와 시댁과의 관계에 '친정'이 갈등의 요소로 끼었을 때, 내가 친정의 손을 들어주는 건 아주 당연한 이야기니까. 그 어쩔 수 없는 혈육의 관계를 인정하고, 나는 그 혈육이 아니니 '번외의 사람'인 것을 이제는 스스로 깨닫자는 거다. 언제까지나 "내가 이렇게 노력하는데, 나를 봐주지 않아?" 아기처럼 징징대지 말고.

그렇다고 내가 세상의 많은 곰녀들에게 '시댁에게 절대 잘하지 말라'는 말을 하는 건 아니다.

오히려 시댁에게 필요 이상의 마음을 쓰기 전에 당신부터 자유로워지라 외치고 싶은 거다. 이 에피소드의 시작 부분에 적었던 '딸 같은 며느리'란 단어도 실상 누군가와의 이상적 관계를 가정한 것이기에, 나 혼자서 상상하는 부담스러운 관계, 혹은 불필요한 꿈들은, 차라리 현실적으로 지워나가는 것이 필요하다.

그리고 그런 과정을 실제 겪고 실천하다 보면 당신은 '며느리'이기 이전에 '한 명의 나'로서 충분히 해방감을 느낄 수 있을 것이다. 그냥 마음이 가는 상태로 자연스럽게, 그 어떤 대가도 요구하지 않으며, 나 역시도 엄청난 희생을 하지 않는 그런 무념무상의 관계 말이다.

사실 이렇게 말하는 나도 시댁과의 관계에서 완전히 해탈한 사람은 아니다. 나도 인간인데 조그만 일부터 큰 일까지 서운하지 않은 일이 1도 없다고 이야기할 수 없는 것이다. 하지만 오히려 이럴수록 혼자 여러 생각을 가지고 속 썩고 마음 썩기 이전에 그냥 툭 터놓고 나답게 해결하는 게 최선의 길이 아닐까 생각한다.

시댁과의 대화에서 영혼없이 "네네"를 반복하는 며느리가 아닌, 평소 내가 직장에서 보여주는 괄괄하고 거침없고 상사에게도 할 얘기를 스스럼 없이 꺼내는 당당한 여성으로서 말이다.

그래서 아직 정은이처럼, 나처럼, 아직도 '뼛속까지 솔직하지 못해' 가끔 서운함을 느끼는 곰녀 며느리들의 변신은 아마 이런 이야기들로부터 시작

될 지 모르겠다.

"저기, 드릴 말씀이 있어요" 내지 "제가 요즘 이런 고민이 있는데요"식으로 말이다. 그냥 이렇게 당신의 주장을 자연스럽게 외쳐보자. 평소 당신의 모습으로, 솔직하게, 너무 포장하려 애쓰지 말고.

"결혼,
결코 개인적이지 않은 대화의 시작"

정현종 시인은 이야기했다. '사람이 온다는 건 한 사람의 인생이 오는 것'이라고. 문학소녀를 자부했던 시절, 이것은 그냥 떨어지는 낙엽을 함께하며 낭만처럼 음미할 수 있는 시구일 뿐이었다. 하지만 막상 결혼을 한 지금 이것은 내 남편과 대입되어 참 현실적으로 이해되는 일이기도 하다. 왜냐하면 '한 사람의 남편을 만난다는 건, 그 남자의 가족이 함께 오는 것'이기 때문이다. 맞다. 예전에도 어렵고, 아직도 어렵고, 앞으로도 어려울 '시댁'이 이 장의 주제다.

하지만 여기서의 핵심은 '우리 시댁은 이래요, 그쪽 시댁은 이렇구나'의 백과사전식 열거나 평가는 아니다. 오히려 그보다

'남편의 가족'과 커뮤니케이션 하는 방법에 대해 스스로 한번 더 생각해보자는 거다. 달리 말하면 현실을 마주하는 지혜로운 자세를 익혀 곰녀들만의 후천적 이너피스Inner Peace를 찾자는 것.

사실 나는 이 부분에서는 절대 답을 내려줄 수 없다. 나는 아직도 시댁과의 크고 작은 커뮤니케이션전화,문자,모임 등을 능숙하게 처리하지 못하는 사람이다. 때문에 시댁과의 대화에서 서운함이라도 느낄 때면 그것을 어떻게 풀어야 할지 몰라 혼자 끙끙대거나, 남편에게 잔소리 폭격을 하며 기분을 풀었었다. 하지만 이건 사실 굉장히 미숙한 대처다. 감정이 섞일수록 대화가 진전될 수 없고 악순환의 고리가 이어진다는 것은, 일반 성인이라면 누구나 알고 있을 최소한의 상식이니까.

그래서 정말 나 같은 깜냥의 곰녀로서는 도저히 이 문제를 해결할 수 없어, 직장에서 '여우같다'고 평가받는 모 차장님께 진지하게 고민상담을 한 적이 있다. "시댁과의 대화는 도대체 어떻게 풀어가야 하나요?" 그리고 여기서 그녀가 내게 말한, 가끔은 감탄을 하거나 박수를 치면서 들은, 간단한 요령을 공유하고자 한다. (강조하듯 이것은 비법 혹은 기술이라 표현하기에는 일반적이지 않은, 한 권위적 개인에 의존한 요령일 뿐이다)

선배가 말한 그 첫 번째 요령은 '내가 문제의 주체가 되지 않는 것'이라 했다. 다시 말해 내가 직접 그 문제를 해결하는 것이 아닌 '남편에게 대신 부탁한다'는 것이 핵심. 이건 정말 일리 있는 말이다. 나를 포함한 대다수 곰녀들은 전생이 독립투사를 방불케 할 정도로 감정에 불타오르는 이들이 많아, 간혹 대화에 있어 냉정함을 잃는 경우가 많기 때문이다. 또한 그 주제가 '비상' 혹은 '적색경보' 수준의 개인에게 굉장히 민감한 것이라면, 이미 감정은 있는대로 폭발해 본질을 흐리고 화만 뿜어낼 공산이 크다. 때문에 이렇게 감정이 앞선 상황에서 스스로 문제를 해결하려 한다면 아래와 같은 두 가지 경우가 발생할 수 있다. 하나, 지나친 흥분으로 인해 무엇을 얘기하고자 하는지조차 불분명하게 전달되는 상황(말 자체를 버벅대는 우스운 상황이 연출될 수 있다). 둘, 무언가 말은 하되 목적과 멀어진 감정적 말들만 의미없이 쏟아내는 경우다.

때문에 이런 우리 스스로의 성격을 고려하더라도, 남편을 커뮤니케이션 주체로 내세우는 건 현명한 처사라고 생각한다. 그도 그럴 것이 남편은 사실 내가 시댁이란 새로운 가족을 만나기 전에 시댁의 원년 멤버로 속했던 사람이다. 따라서 그 누구보다 시댁의 문화와 속성을 잘 알고 있고, 가족 구성원들과의 많은 충돌을 통해 합리적으로 대화를 끌어가는 방식을 이미 온몸으로 체화하고 있다. 한마디로 남편은 나와 시댁이란 양쪽의 장단점을 객관적으로 들여다볼 수 있는 '중간자'인 동시에, 시댁과의 대화에 있어서 그 누구보다 현명한 '최고의 협상주체'가 될 수 있다는 것. (역시, 이래서 다들 남편을 잘 만나야 한다고

하나보다)

하지만 여기서 끝이 아니라고 했다. 이보다 더 중요한 것은 남편에게 '질문을 넘기는 요령'이라고 한다. 왜냐하면 문제를 넘기는 과정에서 남편과의 불화가 추가로 발생할 수 있어서다. 간혹 인성이 덜 다스려진, 혹은 마마보이 성향을 지닌 남자들은 이 '질문을 넘기는 과정'에서 예상치 않게 반응하는 경우가 있다고 했는데, 예를 들어 "우리 엄마 아빠가 싫다는 거야?" "흥, 당신이 그런 건 직접 얘기하지 그래!"식의 저속하고 유치한 대답이 그것들이다. 따라서 이러한 피드백을 미연에 방지하기 위해서라도 '질문을 넘기는 요령'을 아는 건 우리에게 너무나도 중요하다. 그리고 그 시작은, 우리 곰녀들이 스스로의 자존심을 내려놓는 것에서부터 비롯된다고 했다.

왜냐하면 이 요령의 고갱이는 '남편이 얼마나 이 대화를 선입견 없이, 진솔하게 느낄 것인가'에 방점이 찍혀 있기 때문이다. 사실 그렇지 않은가. 남자란 존재 자체가 이미 곰녀 이상으로 자존심이 참 강한 분들이다. 그래서 만약 우리가 "아, 그냥 쫌! 이 문제를 해결해달라고!"라고 강압적 설득을 한다면 그건 이미 대화 끝, 곧 파토의 상황이란 것이다. 대신, 애꿎은 우리의 자존심을 완전히 내려놓고 "나는 정말 이것을 어떻게 해결해야 할지 모르겠어. 그러니 당신이, 이 이야기를 듣고 좀 해결해주겠어?"의 유연한 설득을 덧붙이라고 했다. 정말 순수한 어린아이의 마음으로 돌아가, 있는 그대로의 무력감을 보여주며 말이다.

한마디로 이 요령의 핵심은 가식 없는 진솔함에 있다. 문제해결에 대한 간절함이 클수록 나를 낮추어야 한다는 이야기이기도 하다. 그리고 우리 모두 한 번쯤 이런 논리를 경험해보지 않았던가. 친구와의 관계에서, 혹은 직장동료와의 관계에서 상대가 조심스럽게 자신을 낮추며 이야기를 꺼낼수록 "어, 진짜 뭔가 심각한 문제인가 보네?" 하며 귀를 기울이는 자신을 발견하면서 말이다.

그리고 이러한 화법적 요령은 '내 남편과 의가 상하지 않기 위해서'도 필요하다고 본다. 사실 시댁과 관련된 이야기일수록 결국 남편 입장에서는 '내 가족 흉보는' 이야기가 될 공산이 크기 때문이다. 그리고 이런 문제에 감정을 섞어 이야기할수록 좋을 게 없다. 선배가 내게 강조한 것은, 문제에 대한 속상한 마음을 적극 표현하면서 '나는 이 문제를 해결할 수 없으니 당신이 나서주었으면 좋겠다'의 진실성을 보여주는 것이었다. 그리고 그런 화법 중간에 '언제까지 이 문제가 해결됐음 좋겠다' 혹은 '만약 당신이 그렇게 하지 않으면 나는 이렇게 나갈 것이다'의 협상의 이야기는 단 1%도 개입시키지 말라는 말도 덧붙였다. 물론 나는 이것이 곰녀들에겐 쉬운 일이 아님을 잘 알고 있다. 특히 하루 바삐 문제를 해결하고 싶은 우리의 조급함이, 데드라인 혹은 조건이란 형식으로 표현된다는 것을 누구보다 잘 이해하고 있으니까. 하지만 그런 유혹에 흔들릴 때마다, 하고 싶은 말을 꾹꾹 삼켜 넘겨버리는 묵언수행을 나를 포함한 수많은 곰녀들에게 강력히 권한다. 말했듯, 이런 문제들은 오해에 오해를 불러일으키기 정말 쉬운 일이므로. 그리고 정말 온 마음을 다해 간절히 바래도 아무 잡음 없이 해결하기가 굉장히 어려운 일이므로. 그러니 나의 진솔함을 바탕으로 남편을 문제에 적극 개입하게 하는 동시에, 그가 충분히 생각할 수 있는 여유를 주자는 말이기도 하다. 나의 절실함이 오도되지 않고 직진할 수 있도록. 그래서 남편과 내 마음을 나누며 문제를 적극적으로 고민할 수 있도록.

내가 선택한 남자와 잘사는
남편을 내 해결사로 활용하는 브랜드 만들기

인연을 만난다는 건 굉장한 확률게임이다. 그러니 내가 선택한 남자와 잘사는 게 연애와 결혼의 의무일진대, 시댁과의 관계에서 빚어지는 크고 작은 해프닝으로 나도 괴롭고, 내 남자도 괴로운 상황은 불행 중의 불행이 아닐 수 없다. 그러니 시댁 식구들에게 혹여 서운한 일이 있을지라도 부디 내 남편에게 감정이입 하지 말 것이며, 오히려 허심탄회한 마음으로 SOS를 요청해 그를 '당신의 해결'로 적극 소환해보자. 왜냐하면 나는 세상의 모든 변화가 '나'로부터 시작하길 원하기 때문이다. "남편과는 좋은데…… 정말 이것 때문에……"라는 애매모호한 발언은 그만 하고, 그 '때문에'의 원인을 당신의 남편과 속 시원히 공유하고 또 발빠르게 해결해 갔음 한다. 한마디로 '당신도 속상하지 않고', '남편의 입장도 존중해주면서', '서로가 서로를 진심으로 이해할 수 있는' 일석삼조의 길을 함께 실현해보자는 이야기.

  이것은 당신을 향한 가르침이라기보다는, 사실 나를 향한 자기최면적 발언이다. 나는 아직도 그 '대화의 길'을 머리로만 알고 현실에서는 잘 실현하지 못하는 어리석은 곰녀일 뿐이니까. 그리고 그런 요령의 의미를 어느 순간 깊게 깨닫다가도, 또 어느 순간 감정적인 나로 돌아와 '내 살 깎아먹는 행동'을 반복하고 있으니까. 그러니 이 장의 의미는 역시 이 책의 맨 처음에서 언급했던 '그럼에도 불구하고, 이제는 덜 헤매자'는 자기각오와 맞닿아 있다고 본다. 여우들이 전해 준, 쓸모 있는 특훈을 무시하지 말고 우리 한번 실천해보자는 각오인 것. 그리고 객관적으로 생각해도 그 차장님이 전해준 특훈은 분명히 그 의미가 있다.

  이렇듯 일개 곰녀가 전해주고 설화하는 것은 정말 여기까지다. 만약 우리가 만날 기회가 있다면, 그리고 이 주제에 관해 다시 이야기할 기회가 있다면, 그때는 우리 좀 더 나은 대화를 하고 있길 바란다. "야, 정말 애썼어" 혹은 "와, 이렇게 변했어?"의 토닥거림과 칭찬을 아낌없이 나누며. 그 길에 축복과 건투를 빈다. 속상한 현실에 쉽게 쓰러지지 말고, 답답함을 울화로 표현하지 말고, 가식과 체면 같은 것은 어디론가 제발 훌쩍 던져버리고, 당신만의 새로운 브랜드를 개척하길 빈다. 그리고 그 길의 끝엔 단지 한 명의 곰녀가 아닌 더 솔직하고, 당당하고, 누구보다 사려깊은 눈을 가진 섹시한 곰녀가 서 있을 것을 기대한다. 그러니 우리, 각자 자신만의 방식으로 노력해 그 길의 끝에서 만나자. 지금보다, 더 멋있게. 그리고 따뜻하게……

에필로그

•

너무 긴 수다를 떨어서 사실 에필로그 따위는 크게 필요 없을 것 같다. 대신 이 지면은 내게 곰녀 DNA를 주신 부모님, 함께 곰녀로 자란 친언니, 그리고 나와 곰녀 연대를 형성하고 있는 친 구들과 선후배들에게 바치는 감사의 인사로 갈음한다.

먼저 평생 공무원 외길을 걸어오신, 하지만 절대 누구에게 아쉬운 소리 한 적 없는 꼿꼿함의 대명사 이명우 아버님, 호불호가 너무 분명해 낯빛을 숨기지 못하는, 하지만 그만큼 솔직하고 희생적인 성용혜 어머님, 나와 30년 이상을 함께하며 공부도, 일도, 연애도 곰처럼 우직하게 사는 것을 전파해준 하나뿐인 친언니 이은영님께 '내 가족이 되어주신 점' 진심으로 감사드립니다. 덧붙여 이모! 출산휴가 동안 긴 수다를 함께 해줘서 너무 고마웠어.

더불어 매번 징징대는 나에게 당근과 채찍을 아낌없이 던지는 사부 지원이, 노량진 시절 이후 '이보다 의리 있을 수 없다'를 보여주고 있는 은영이, 내가 의외로 멋진 놈이라고 깨알 같은 장점을 찾아주는 대학동창 주연이, 진영이, 너무 배려가 넘쳐 지금도 엄한 놈 주기 아까운 호정 선배, 눈물 뚝뚝 흘린 우울함의 시간까지 다독여준 수원 언니, 가끔은 정말 남자가 아닐까 한번 쳐다보는 카리스마 곰녀 지영 언니, 오목조목 예쁜 얼굴만큼 감정 주머니도 한 보따리인 정연 언니, 참을성의 화신이자 현자 같은 깨달음을 전해주는 인생 멘토 미정 선배, 아직도 김동률을 좋아하며 소녀 같은 꿈을 지닌 희정 선배, 세상에 둘째로 태어나 강단도 생활력도 2배인 또순이 신영 과장, 많은 말들을 웃음 속에 묻고 전진하는 조용한 파워 재연, 동희대리까지 정말 진심으로 감사드립니다. 당신들은 내 영원한 친구이자 스승이자 또 하나의 가족입니다.

또한 이 책을 쓰게 해 준 영감의 원천이자 지금도 복닥거리며 함께 살아가고 있는 내 반쪽이자 남편 김건형 님과, 그 소중한 남편을 보내준 대전 시부모님께도 감사드립니다. 또한 이 책을 쓰는 동안 많이 놀아주지 못한 나의 소중한 보석, 김아리, 김이준 남매에게도 심심한 감사의 인사를 표합니다. 우리 심각하지 않게, 재미지게 살자! 그리고 혜성처럼 나타나 늘 혜성 같은 반짝임을 주시는 존경하는 글쟁이 강명석 편집장님께도 꾸벅!

그리고 마지막으로, 정말 아무 것도 아닌 일개 곰녀에게 책을 낼 수 있는 귀한 기회를 주신 푸른영토 가족분들, 김왕기 대표님, 맹한승 주간님께 두 팔 벌려 감사의 인사를 표합니다. 모르긴 몰라도 곰 같은 남자의 버전이 있다면 아마 이분들이 아닐까 합니다. 그만큼 흔들림 없는, 하지만 소신을 가진 알찬 출판사 키워가시느라 고생 많으십니다. 그리고 분명히 대박나실 거예요.

이하 지면에서 다 담지 못하는 많은 분들께 감사의 인사를 전하며 '곰녀'의 지면상 이야기는 여기서 마칩니다. 오늘도 우직하게, 묵묵하게, 손해보며 인생을 살아가고 있는 더 많은 곰녀들과의 만남은 향후 오프라인에서 이어질 것이니. 그때까지 세상의 모든 곰녀들이여! 안녕히, 또 건강히.